妹に婚約者を取られましたが、辺境で楽しく暮らしています

登場人物紹介

レリクス・ロンドバルド

国境を守る辺境伯。度重なる王都の令嬢とのやり取りですっかり態度が硬化している。エリサに対しても不愛想だが……

エリサ・オルロンド

オルロンド公爵家の長女。おいしい食べ物が大好き。おてんばで行動力があり、一度決めたことは強い意志を持ってやり遂げる。

ケビン殿下
ローザン王国の王太子。自分磨きに余念がなく、他人に関心がない。
シシリー
エリサの妹。わがまま放題で育ち、姉のものを何でもほしがる。
マルク
ロンドバルド家の執事。エリサを警戒していたが次第に厨房を任せるようになる。
ラーザン子爵
ロンドバルド河上流に領地を持つ。周囲の意見に流されがちだが、野心家の一面もある。

プロローグ

「お姉様、ケビン殿下は素敵な方ですよね」

ある日のこと、妹のシシリーが何げない風を装って私に話しかけてきます。

それを聞いて私は内心「またか」と思ってしまいました。

私、エリサ・オルロンドはローザン王国有数の貴族であるオルロンド公爵家の長女です。

この国では貴族が大きな力を持っており、重要事はおおむね貴族の合議で決定されます。また、王家の妻は有力貴族から迎えることが慣例です。

そして父上と国王の利害の一致により、私がこの国の王太子であるケビン殿下の元に嫁ぐことが数年前から決まっていました。いわゆる政略結婚です。

私と殿下はともに現在十四歳。この国では一般的に十五歳で成人するため、そろそろ正式に結婚する時も近いでしょう。

ケビン殿下は王家の血筋を引いているせいか、凛々しい眉に整った鼻筋、そして引き締まった口元ときれいな顔立ちをしています。その上、武勇に優れており、貴族令嬢ばかりか国中の女性に大人気です。殿下に嫁げばゆくゆくは王妃となることが約束されています。

シシリーもご多分に漏れず、私が殿下と婚約していることを羨ましがっているのでしょう。

「そうね、整ったお顔立ちでいらっしゃるわね」

シシリーがそういう言動をするのは初めてではないので私は適当に流そうとします。

彼女が何と言っても、これは父上と陛下が決めた政略結婚。私たちの気持ちで覆していいものではありません。

シシリーは今年で十二歳。嫁ぐのは少し先にしても、そろそろ彼女の婚約者が決まってもおかしくない年齢です。

まだあどけなさはあるものの、透き通った白い肌に大きめで愛くるしい瞳、少し色気のある口元が魅力的で、明るいブロンドの髪もきれいな巻き毛にしていてとても可愛らしい。しかも常にフリルがふんだんにあしらわれた豪奢《ごうしゃ》なドレスを纏っており、姉である私から見ても大変美しい容姿です。

一方の私は緩やかにウェーブがかかった暗いブロンドの髪に、オルロンド公爵家の血筋によるきれいな青色の瞳です。自ら言うのは口幅ったいのですが、整った顔立ちではあるはずです。しかし、屋敷にいる時はいつも伏し目がちで、動きやすさを重視した飾り気のないワンピースばかり好んで着ているため、あまり公爵令嬢らしくは見えないのでしょう。

性格もどちらかというとおてんばで食いしん坊の気がある私と違って、シシリーはおしとやかで

お菓子作りや編み物など家庭的な趣味も多彩。殿下と同じく国中の男性の注目の的で、両親には可愛がられて育てられたせいか、少し我が儘に育っており、しかも幼いころの些細な出来事が原因で私に対して対抗意識を抱いているようです。

話を早く切り上げたいものの、私は彼女の言い方に嫌な予感がしました。

私が何と言おうか少し困っていると、彼女は媚びるような声色で言います。

「お姉様、ケビン殿下の婚約者の地位を私に譲ってくださいませんか？」

やはりそうきましたか。

普段なら彼女は羨ましがっていることをもっと遠回しに伝え、そのたびに私はいろいろなものを与えてきました。

私が周囲の貴族令嬢が好む高価なドレスや装飾品にあまり執着しなかったというのもありますし、一度彼女の遠回しな要求を無視していたら、母上に「姉なのにどうして聞いてあげないの!?」と怒られたということもあります。

今日のシシリーはいつもより直接的に訴えてきました。

やはり私と殿下の結婚が迫っているせいでしょうか。

とはいえ、婚約はアクセサリーや服ではありませんし、こればかりは私にどうすることもできません。

「それは私には決められません。そもそも婚約者を譲るという考え自体が間違っていますよ」

「でも、お姉様と私が父上に言えば、父上もきっと考えてくださるわ。それともお姉様はやはりケビン殿下と私が結ばれるのはお嫌ですか？」

私の答えにシシリーは不満げな顔をしました。そして嫌な尋ね方をしてきます。

もし彼女の頼みを断れば、私がシシリーに意地悪をしたいから彼女の願いを断わっているようです。

しかし、私は彼女の言葉を聞いて数日前に行った、ケビン殿下とのお茶会を思い出しました。

◇　◇　◇

王宮内のとある一室。王宮の侍従や侍女たちが事前に準備をしていると聞いていた私が部屋に入ると、ケビン殿下は先に席に着いていました。

殿下が座っていると彼の美しさや品位ある姿のあまり、豪華な部屋の内装も用意された高級なお茶菓子も殿下に比べると全て色あせて見えます。

まるで神が丹精込めて作ったかのようにパーツの大きさも形も整った顔立ち、長身で鍛えていながらすらりとした体つき、そして涼やかな瞳。

彼の容姿はどの角度から見ても完璧でした。

彼を一目見た女性が皆恋に落ちるのもわかるというものですね。

「相変わらず今日もきれいだね」

そんな殿下が少し高いトーンのきれいな声で言いました。

容姿ばかりか声も美しく、彼の歌声には本職の歌い手ですら感嘆するとか。

「あ、ありがとうございます」

あまり容姿を彼に褒められたことのなかった私は、いきなりの言葉に少し戸惑います。

すると殿下は少しむっとした顔になりました。

「何を言っているんだ？　今のは僕の容姿に決まっているだろ？」

「え？」

私は殿下の言葉に困惑しましたが、言われてみればちょうど今私が立っている辺りの壁に鏡が置いてあります。殿下は私ではなく後ろの鏡を見て言ったのですね……

そう、実はケビン殿下は極度のナルシスト。こういう言動は日常茶飯事で、話題は常に自分のことばかり。彼が他人を褒めることは滅多にありません。

そのことをうっかり失念していました。

いつもの態度だわ、と私はそっけない態度に切り替えます。一瞬でも動揺したのが馬鹿みたいです。

「それは失礼いたしました」

「それで君はどう思う？」

「今日もおきれいですね」

仕方なく私は何の感情もこもっていない声で答えました。

「まあいいだろう。次はもっと僕にふさわしい褒め言葉を考えておいてくれ」

「……わかりました」

確かに完璧な容姿かもしれませんが、褒め言葉というのは相手に要求されて口に出すものではありませんよね。

相手が王子もしくは婚約者でなければ、私は今日だけですでに二回は激怒していたでしょう。

殿下と会って一分ほどで早くも疲れ果て、席に座りました。


その後は殿下と目を合わせるのも会話するのも嫌で、私はひたすらお菓子を食べることに集中していました。

殿下はひたすら「今日は香水を替えてみた」「トレーニングのメニューをきつくした」など自分語りをしています。

いくら容姿がいいとはいえ、なぜこんな人物が期待の王子とされているのかといえば、彼が公的な場では至極真っ当な王子として振る舞っているためです。

このような自分本位な態度を見せるのは王族や婚約者の私、それに極めて身近な使用人や家臣相手の時だけのようでした。

王子として振る舞うことでストレスが溜まっているのか、それとも私相手なら何をしてもいいと思っているのか、二人きりになった時はひたすらこんな調子。

初めてこのモードの殿下と会話した時は双子の弟とでも入れ替わったのかと疑いましたし、できることなら私とて婚約を解消したいと思ったぐらいです。

◇　◇　◇

とはいえ、殿下がこんな人物と知っている以上、妹に押し付ける訳にもいきません。自分の希望が叶って当然という環境で育ってきたシシリーでは、殿下と出会って二秒も我慢できなくなるでしょう。

かといって、国中の人に素晴らしい王子と思われ、その上婚約者でもある彼の悪口を言いふらすのもあまりいいことではない――

そのため、私はシシリーの提案には黙って首を横に振るほかありませんでした。

そもそも私が父上に「婚約者を代えてください」と言ったところで、『我が儘を言うな』、もしくは「我が家を潰したいのか」と言われて終わるでしょう。

「まあ、お姉様がそこまでお嫌なら私は構いませんが」

「いや、私がどうとかそういう問題ではなく……」

「そういうことなら私にも考えがあります」

私の煮えきらない態度にシシリーはなおも不満そうでしたが、それ以上言ってもどうにもならないと思ったのか、捨て台詞のようなことを言って去っていきました。

いくらシシリーでも、さすがに渡せるものとそうでないものがあるということはわかるはず。もしかしたら別件で何か要求してくるのかもしれませんが、それはまたその時に考えればいいわ。

この時の私は、この件が後にあんな大事になるとは夢にも思わなかったのです。


それから一週間ほど経ったある日のこと。

「話がある」

父上が唐突に険しい表情で私を呼び出しました。

父上は普段から女の子らしく振る舞うシシリーばかりを可愛がり、おしゃれに無頓着で食べ物にばかり関心がある私に冷淡です。そんな父上から私に話があるなんて珍しいこともあるのね。

「何でしょう」

「ついてこい」

何だろうとついていくと、そこにはすでに母上やシシリーほか、一家が勢ぞろいしており、明らかに緊迫した空気が流れていました。いないのは領地で政務の勉強をしているオレイン兄上だけでしょう。

私は一家の皆に囲まれるようにして空いているところに座るよう促されます。

私が座ると、正面にいた父上が厳《いか》めしい声で言いました。

「エリサ、最近お前は頻繁に、さまざまな男の元に出入りしているそうだな」

「え？」

何の話かさっぱりわかりません。

困惑する私に父上は畳みかけるように言います。

「出入りの商人や他家の料理人にまで色目を使っているそうではないか！」

「そ、そのようなことはありません！」

要するに私が婚約者もいる嫁入り前の娘なのに、ほかの男に色目を使ってけしからんということでしょうか。

もちろん、そんなことはしていません。私は慌てて否定しますが、すでに父上には確信があるのか、私の言葉で心が動いた様子はありません。

「だがお前が多くの男に声をかけているのは事実だろう！」

「違います！　声をかけたといっても、いずれもほかの方々がいるところでのこと。二人きりで話したことはございません！」

確かに私は食べることが大好きなので、おいしい食材を持ってきてくださる商人に産地を尋ねたり、他家に招かれた時にそのお食事がおいしければ料理人に直接感謝を述べたりすることはありました。しかし、それ以上のことはありません。感謝を述べる時も特に二人きりの場所に呼び出したり連れ出したりなどしていません。

今までにも何度か、父上に公爵家令嬢としてはしたないと言われたことや、母上がそのような私の言動をあまり好ましく思っていないということはありましたが、まさかこんなことを言われるとは思ってもみませんでした。

「それで納得できる訳があるか！　ケビン殿下からもわしに苦情が入ったのだぞ！」

「ケビン殿下から⁉」

それまではただ困惑するだけでしたが、さすがに殿下から苦情が入ったと聞いて私は事態が抜き差しならなくなっていると察しました。

「口答えするな！　問題なのはそういう風聞《ふうぶん》が立っているということだ！　王家に嫁入りするというのに自覚が足りないのではないか⁉」

父上にそう言われては反論しづらいですね。王家に嫁ぐ以上、噂が立つだけでも受け入れられないというところはあるでしょう。

しかし冷静に考えると、私の行動は別に婚約前から変わっていません。

ここ最近になって急に風聞《ふうぶん》が立つというのはおかしな話です。

父上は続けます。

「全く何ということだ。我が家から王妃を出すという悲願をこんなことで諦める訳にはいかん」

確かに王妃を出した家は貴族の中で一番発言力が大きくなると言っても過言ではありません。

私の縁談もそのために父上が必死に国王陛下を説得してとりつけたものです。

が、次の一言は耳を疑うようなものでした。

「幸い、シシリーは王妃には申し分ない娘だ。仕方がないからエリサの代わりにシシリーを嫁にやることにする」

「え?」

そんな身に覚えのない噂だけで、このような重大事が決められるのでしょうか。

「聞こえなかったか? お前ではなくシシリーを殿下の婚約者にすると言っているんだ!」

「はい、私でしたらそのような風聞《ふうぶん》が立つことはないと約束できます……姉様と違って」

突然の決定のはずなのに、シシリーは特に動揺することもなく、私にあてつけるように言いました。が、彼女の口元には隠しきれなかったのでしょう、笑みが浮かんでいるのが見えます。

それを見て私はようやくわかりました。

恐らく、ケビン殿下と婚約し、未来の王妃になりたかった彼女は意図的に私を貶めるような噂を流したのでしょう。そしてシシリーを可愛がっている男連中がそれを信じてさらに広めた、というのが本当のところではないでしょうか。

シシリーもほかの人の前では本性を出さないため、噂を聞いた人々もまさか彼女が嘘をついているとは思わずに信じてしまったのですね。

一体なぜそのようなことをするのか。

いくらケビン殿下が美しい男性とはいえ、実の姉を陥れてまで手に入れたいものなの？

妹の心理はよくわかりませんが、シシリーが私にやたら突っかかるのには一つだけ心当たりがあります。


あれは私がまだ十歳のころでした。私は両親とシシリーとともにとある貴族のパーティーに向かったのですが、そこで一人の男性に出会いました。

「まあ、素敵な方」

その人物を見たシシリーは思わず感嘆の声をあげます。彼は恐らく当時十五歳ほどだったのでしょう、年上で体格もいいこともあって確かに凛々しい人物だなと思いました。

「確かにそうね」

「お姉様、私、あの方と仲良くなりたいです！」

「あ、ちょっと⁉」

そう叫ぶと彼女は私が止めるのも聞かずに彼の元に駆け寄りました。

「すみません、少しお話してもよろしいですか⁉」

私が十歳だったということはシシリーは八歳。そんな少女に話しかけられても困るだけでしょう、彼は苦笑しながら答えます。

「ほら、子供が一人で歩いていると迷子になってしまうよ、ここは人が多いからね」

「そんな、私は子供ではありません！」

シシリーは少しむっとした様子で答えますが、会場は大変混雑しており、少し目を離せばシシリーの姿を見失ってしまいそうです。

「あ、僕はちょっと用があるから」

「そんな、少しで構いません！」

それでもシシリーが食い下がろうとしました。私は彼女を止めるため、人混みをかき分けて彼の元に向かいます。

「こら、シシリー、あまり他人を困らせるものではありません」

「お、お姉様!?　私は別に困らせている訳では……」

「でも困っているでしょう？」

私が言うと、彼女はとても不満げな顔をしてみせます。

一方の彼は私の方を向いて、助かったというように笑みを浮かべました。

「君は彼女の姉かい？」

「はい、エリサと申します」

「エリサか、ありがとう」

そう言って彼は去っていきました。その後パーティーの合間にその彼に一度声を掛けられましたが、それっきりです。今は多分もう結婚もしていると思います。

　私からすればその程度のことをそんなに気にするなんてとは思いますが、シシリーの私に対する態度が変わったタイミングは思い返してみるとその日だったと思います。

　それ以来、シシリーは何かにつけて私に対抗心を燃やしているようでした。

　まさかここまでのことをしてくるなんて。

　私はシシリーがあのような殿下と結ばれるのは可哀想と思っていましたし、婚約者を代えてほしいと頼むような真似はするまいと我慢していたのですが、彼女がそこまでするのであれば仕方がありません。もはやなるようになるでしょう。


　父上は重ねて私に告げます。

「エリサよ。噂が立った以上、お前はもう王都近くの貴族には嫁がせることができん。ロンドバルド辺境伯に嫁げ」

「は、はい」

　ロンドバルド辺境伯はその名の通り、王都から遠く離れた魔物や異民族の棲む地との国境を守る貴族です。軍勢の指揮には長《た》けていても、性格は頑固で偏屈、王都にいるきらびやかな貴族たちを敵視しているとか。加えて年齢は三十を越えていると聞きます。これでは夫というよりは父親に近いぐらいです。

しかも相手は辺境伯とはいえ、公爵家である我が家とは明らかに家格が釣り合っていません。位が低い相手であれば、変な噂があっても引き取ってくれるということでしょうか。

要するに、変な噂が立った娘を厄介払いしたいのですね。

私はケビン殿下に未練はありませんし、商人が持ってくるおいしい果物や野菜の中には辺境でしか作られていないものもあります。

そう思うと、そちらに嫁ぐのも悪くないのかもしれません。

「……わかりました。ですが、これだけは言わせてください。噂はただの噂であり、私にやましいことは何一つありません」

「うるさい！　まだ口答えするのか！」

私の言葉に父上は再び怒鳴りました。そう言われてしまうと返す言葉もありません。

こうして、私は不本意な噂のおかげで、辺境行きが決まったのでした。

第一章　辺境伯への輿入れ

数日して、瞬く間に出発の前日になりました。

辺境伯家に何があって何がないのか想像もつきません。輿入れするにあたり、私は何を持っていけばよいのか、ずっと悩んでいました。

シシリーはきっとうきうきとした様子でケビン殿下と会う時に着るドレスを選んでいるはず。その隣の部屋で、私は旅支度に励まなければなりません。

部屋の姿見に映る自信なさげな自分の姿を見ると、辺境伯にも公爵令嬢には見えないと言われるかもしれませんね……

こんなことだから殿下の相手にふさわしくないと言われてしまったのでしょうか。

つい自分が悪いような気分になってしまいます。

そこへシシリーがノックもせずに私の部屋に入ってきました。

「お姉様、いよいよ明日は出発ですね」

その声は少し弾んでいて、そんなに私がいなくなるのが嬉しいのでしょうか。それとも私の婚約者を取り上げたのが嬉しいのでしょうか。

あれ以来まともに顔も合わせていませんでしたが、出発するのであれば最後に話ぐらいはしてもいいでしょう。

私は手を止めて彼女の方を向きます。

「なぜあんなことをしたの？」

「だって、お姉様のような地味な方にケビン殿下は似合わないですよね。私のように可憐な娘の方がお相手にふさわしいと思いませんか？」

もはや私の辺境行きは覆らないと知ったからか、シシリーは言いたい放題でした。

あからさまに勝ち誇ったような態度にさすがにむっとします。いくら私がシシリーに比べると華やかさに欠けるからといって、何もそんな噂を流して汚名を着せなくても。そんなことをすれば私だけでなく家全体の汚名になるというのに。

そもそも私は好きでケビン殿下と婚約した訳ではなく、家のために我慢して付き合いを続けていたのだから。

「それはそうかもしれないけど、だからといってここまでするなんて酷いわ」

「私は何もしていません。きっと運命がお互いにとってふさわしい相手とくっつけようとした結果なのでしょう」

シシリーは余裕の笑みを浮かべます。

シシリーの言うこともある意味一理ありますね。殿下とシシリーは実は結構似た者同士なのです。

ケビン殿下はかなりのナルシスト。シシリーも言葉の端々から、自分を相当高く評価している気持ちが見え隠れします。

また、ケビン殿下もシシリーも私の前以外では完璧な人間を演じ、周囲からの人気が高いという点も共通しています。

ある意味お似合いの二人と言えるかもしれません……相性は最悪でしょうが。

「そうかもしれないわね」

「……えらく素直じゃない。最初からそう言えば、こんなことにはならなかったのに」

私が皮肉のつもりで肯定すると、シシリーは少し驚いて言いました。

そこまで言うなら殿下の本性についてはご自分で見ていただきましょう。

彼女は不満そうな表情を浮かべ、これで会話は終わりかと思ったのですが、打って変わって嬉々とした表情で話題を変えました。

「ところで、ロンドバルド辺境伯についての噂はご存じですか？」

「いえ、あまり」

私が答えると、彼女は再びとうとうと語りだしました。

「辺境伯は変わり者と聞きますが、広い領地とかなりの軍事力を持つため、王国も彼の機嫌を取るためにさまざまな貴族令嬢を嫁に送り込んだらしいですわ。しかし辺境伯のあまりの偏屈さに、一か月持った花嫁候補はいなかったそうです。そのため、辺境伯はもう三十を越えたのに、いまだ独身なのだとか」

「そう……」

彼女は楽しそうに辺境伯の悪い噂を語ります。

私はそれを聞いてどんどん不安になりましたが、できるだけそれを表情に出さないように努めます。

私にお構いなく、シシリーは話を続けました。

「政略結婚だというのに、それだけ何人ものご令嬢が出戻りになるなんて、よほど問題のある人か、もしくはよほど居心地が悪いところなのかのどちらかでしょうね」

シシリーは大人気の王子に嫁ぎ、私はそんな辺境伯に厄介払いに出される。その事実にシシリーはご満悦なよう。

私は興味ない振りをして聞いていましたが、もしそれが本当だったらどうしようと身震いしました。

特に私の場合はシシリーによってあらぬ悪評を立てられています。

つまり、出会う前から辺境伯が抱く印象は最悪でしょう。その状態でそんな偏屈な人物に、気に入られる自信など全然ありません。嫁いだ先でいじめに遭ったという話は昔から枚挙にいとまがありませんし……

「せいぜい頑張ってきてくださいね。男あさりの噂に加えて出戻りなんて事実まで上乗せされたらどうしようもありませんから」

そう言ってシシリーはご満悦な様子で笑みを浮かべて部屋を出ていきました。

ただ、私は彼女の勝ち誇った笑みの中に、どこか劣等感のような卑屈さが潜んでいるのに気づいていました。彼女はいまだにあの時のことで私を敵視しているのかしら。

彼女と話したせいか、荷造りもどうでもよくなりました。

明日に備えてさっさと寝てしまうことにしましょう。

翌朝、私は最低限の着替えと貴重品だけ入れた小さな荷物を持って家を出ました。

見送ってくれたのはシシリーと両親、それから懇意にしていた料理人のエリックだけ。

本来、貴族家それも公爵家から嫁に出るとなれば、持参品や花嫁衣裳などを持たされるものです。

しかし私が冷遇されているせいか、嫁ぎ先が辺境だからか、父上が書いた一通の手紙以外は何もありません。

これでは嫁ぐというより流刑地に向かうようです。

いくらうちより格下とはいえ――こんなことが許されるのでしょうか。

「これ以上、我が家の名に泥を塗るのではないぞ」

父上は私に対して最後まで厳しい言葉をかけてきます。私の悪評がそんなに恥ずかしかったのですか？　それなら悪評を立てた人を恨んでほしいのですが……

シシリーが私の噂を流したという証拠をつかめないのが悔しい限りです。

「心配しなくともいいんじゃない？　辺境ならあさるほどの男もいなさそうだし。この子には田舎の方がお似合いよ」

冷淡に言った母上はすでに私への関心を完全に失っているようでした。結局彼女もシシリーだけが可愛いのです。

「お姉様、お元気で。時々は手紙を出しますからね」

シシリーはこんな時でも「心優しい妹」アピールなのか、目に涙を浮かべて私に手を振ります。そんな彼女を見て両親は「シシリーは優しいな」「こんな不出来な姉にもそこまで言うなんて」と感動しています。

そんな茶番を目の前にすると怒りよりも先にあきれ果ててしまいます。

そんな中、一人だけ私との別れを本気で惜しんでくれる人がいました。

「エリサお嬢様、辺境でもお元気で」

「ありがとう、エリック。そう思ってくれているのはきっとあなただけよ」

私の辺境行きを本気で悲しんでくれたのは我が家の料理人のエリックでした。彼が作るご飯はいつもおいしく、ここ最近はそれだけが毎日の楽しみだったわ。

両親は料理などおいしくて当たり前、下手な時は叱責するのみでしたが、私だけはいつもお礼を言ったり作り方を聞いたりしていたので、彼とは仲が良かったのです。

「そんなことはありません。同僚にも密かに別れを惜しんでいる者はいますよ」

「ありがとう。そう言ってもらえるだけで嬉しい」

「これが一週間分のお弁当です。日持ちする物を選びましたから」

彼はそう言って弁当がいくつか入った包みを渡してくれます。

それを見て温かい気持ちになりました。

この場で私に好意を示せば、今後父上たちに白い目で見られるというのに。

案の定、彼らはエリックのことを苦々しく見ています。

「ありがとう。馬車旅の唯一の楽しみだわ」

あまり長々と話していてはどんどんエリックが疎まれそう。名残惜しいですが、馬車に乗ります。

こうして私は辺境に旅立ちました。


実家で用意された馬車に乗り、ひたすら南西に進んで辺境に向かいます。同乗しているのは御者が一人と護衛が一人だけ。

ずっとごとごとと揺られているだけの馬車旅は退屈で、最初は御者や護衛に話しかけましたが、すぐに世間話の種もなくなりました。

馬車が王都周辺の発展した地域を出ると、道は悪くなり余計に揺れが激しくなります。それでも最初は移りゆく景色を楽しんでいましたが、次第に見渡す限りの平原に変わりました。こうなってはもはや景色も代わり映えしません。

ここローザン王国は広大な土地を治めていますが、王都とその周辺、それといわゆる辺境では大きく異なると言われています。

というのも王都は国内でもとりわけ精霊の加護が強い場所に作られたため、その周辺ではよく雨が降り、土地も豊かなのです。中央部と呼ばれるのは国の面積の三分の一ほどですが、小麦などの主要な農作物の多くはそこで収穫されます。

一方の辺境ではわずかな農地で採れる農作物に、荒れ地でも育つイモや雑穀、そして狩猟などで細々と生計を立てている……と書物には書いてありました。

極めつきは辺境には魔物と呼ばれる狂暴な動物が跋扈《ばっこ》するということ。辺境の貴族は魔物討伐対策や、さらに国境防御のために軍勢を維持しなければなりません。軍事権は強くても政治的な発言力は与えられていません。

中央部の貴族は財政に余裕があり、国政に対する発言力も強いです。その代表格が我が家のオルロンド家と言えるでしょう。

ローザン王国は王政ではありますが、重要なことはおおむね貴族の合議で決まります。国王といえど、有力な貴族家の賛同がなければ命令を通すことはできません。そして公爵・侯爵位の貴族は軒並み中央部の貴族で占められているのです。

ロンドバルド辺境伯は辺境貴族の中では最も広い領地を治め、統治も安定しているようです。

本で読んだ時はピンときませんでしたが、この広大な平原を見るとそれも納得ができます。しかしいくら広い領地を持っていても、財政が厳しくては意味がありません。

そんな旅が五日ほど続いた辺りで、私は退屈と揺れにすっかり参ってしまいました。

「お昼休憩です」

そう言って御者が馬車を止めると、お弁当を持って馬車を下りました。

一応ロンドバルド辺境伯の領地には入っているようですが、毎晩の宿を取るために町（時には村）に寄るだけで、周囲はほぼ荒れ地です。

いい加減馬車の中に飽き、ずっと車内にいると酔いそう。

私は外の風に当たりながらその辺の石に腰を下ろしてお弁当を広げました。日持ちするメニューということで、干し肉やパンが多いですが、毎日微妙に味付けが変わっているので飽きません。この時間が本当に私の唯一の楽しみです。

今日のメニューはカボチャのパイ。一きれ口に含むと、さくさくの食感とともに甘味が口の中に広がります。

ゆっくり味わいながらパイを食べていると、少し離れたところから一人の老婆が歩いて来るのが見えました。この辺の道は通る人が少ないので、通行人は非常に目立ちます。

危なっかしいな、などと思っていると彼女はふらふらしながら近くの石に倒れ込むように腰を下ろしました。

心配になって彼女の近くに駆け寄ります。

老婆は非常に弱っているように見えました。年齢はおそらく六十歳以上、髪の毛はすっかり白くなっています。体はやつれ、息も絶え絶えでどうにか岩に腰かけている体《てい》です。さらに髪はぼさぼさ、お金がないのか着ている服は汚れ、あちこちが破けています。

ただ、なぜかはわかりませんが、私は老婆の皺だらけの顔にただならぬ品格のようなものを感じました。

「大丈夫ですか⁉」

「うぅ……腹が減った。すまぬが水と食べ物を分けてくれないか？」

「は、はい」

ささやかな楽しみのお弁当ですが、目の前で困っている人がいれば食べさせてあげるほかありません。

私は少し惜しみつつももう一つあったカボチャのパイを食べやすいようにちぎって手渡し、それから予備のコップに水を入れて差し出しました。

「ありがとう」

そう言って彼女はパイを口に入れました。

「ふむ、うまい」

一口パイをかじり、水を飲むごとに老婆は次第に活力を取り戻していくようでした。

少しずつ彼女の体は若返っていくようにも思えます。

最初は彼女が元気を取り戻しただけかと思いましたが、真っ白な髪はみずみずしい水色になっていき、顔や手の皮膚からは皺が減っていきます。いくらお腹が満たされたからといって、そんなことが本当に起こるのでしょうか。

パイを全て食べ終えた老婆を見て私は開いた口がふさがりませんでした。

そこに立っていたのは老婆ではなく完全に一人の少女だったのです。

しわしわだった肌はみずみずしくなり、つやを取り戻した水色の髪は腰のあたりまで伸び、きれいな青い瞳にも若さが宿っています。ついでに着ている服もぼろぼろの布切れから踊り子のような装束に変わっていました。

これでは同一人物かどうか疑わしいほどです。

「え、あ、あの、あなたは……」

「私はこの周辺の水を司《つかさど》る精霊です」

「えぇ!?」

精霊と聞いて私は驚きのあまり大きな声を上げてしまいました。

これまで精霊の存在は書物の中では知っていましたが、実際に見たことはありませんでした。伝説上の存在に近く、大多数の人が人間とは触れ合うことはないと思っているでしょう。

しかし目の前の女性が発した声は先ほどの老婆のしわがれた声とは全く違う、透き通るような美しい声でした。それに、少し食事をしただけでここまで若返るなど、普通の人間ではありえません。そもそもこんな何もない街道の真ん中に老婆が一人で歩いているのが不思議でした。

そう考えると精霊という言葉も出鱈目《でたらめ》ではないのかも……

「大変おいしい食事をありがとうございます。このところ、力を失っている上にさらに力を使い過ぎてしまい、あやうく干からびて動けなくなる寸前でしたが、あなたのおかげで動けるぐらいには復活しました」

そう話す声も鈴を転がすようなものに変わっています。

「ど、どういたしまして」

動揺を抑えきれず、声がひっくり返りました。

「それほど簡単に回復するものですか？」

「もちろん姿を取り戻しただけで、使い過ぎた力のほとんどはまだ失われたままです」

ほんの少し力が戻っただけでここまで姿が変わるとは……全ての力が戻ればどれほどのことができるのでしょうか。

精霊はにこやかに笑いながら一つの鈴を私に差し出します。

「もし今後困ったことがあれば、この鈴を振ってください。その時は何でも一つ、恩返しいたします。水に関することであれば、大抵は力になれるでしょう」

「は、はい」

「それでは失礼します」

そう言うと彼女は光の粒になり、空気に溶けるようにしていなくなってしまいました。

これまでは力を失っていてそれすらもできなかったということなのかしら。

一体何だったんだろう、今のは。

あっという間の出来事に、その場に残された私は呆然と立ちつくしました。

白昼夢かと思ったのですが、彼女にもらった鈴だけはしっかりと手の中に残っています。

私は鈴を大事にポケットにしまい、馬車旅を再開したのでした。

◇　◇　◇

精霊との出会いの次の日、私はようやく辺境伯の館に辿り着きました。

もっとも、最初に見た時はその建物がお屋敷だとは思えませんでしたが。

最初馬車が停まったときは何かの間違いかとすら思いました。

王都近くで見る貴族の館といえば、小綺麗なお屋敷か壮麗な建物のどちらかですが、今私の目の前にある辺境伯の館は単なる古びた屋敷でした。庭も大して手入れされず雑草が伸びていますし、一部分にいたっては菜園にされています。近くにある商館や神殿の方がまだ立派に見えるぐらい……

唯一の取り柄は領地が広いおかげで、敷地がやたら広いことでしょうか。

中心地だけあって周囲に広がっている街はまあまあの規模でした。

しかし、屋敷がある街ですら王都の華やかさには比べようもありません。

私が嫁いでくることは事前に知らされていたはずですが、出迎えに出たのは一人の着古した服をまとった三十ほどの男と、彼が連れている武将らしき家臣が数人、そして執事が一人でした。

冷静に考えてみると、公爵家の娘が嫁ぐのに馬車一台で大した持参品もなく、家族や侍従がついてくることもなく、ほぼ一人でやってくるのも異例です。

私自身は厄介払いで嫁がされるのだと受け入れていましたが、辺境伯からしてもそのような嫁ぎ方をされるのは心外でしょう。

嫁ぎ方が非常識な以上、ちゃんとした花嫁のもてなし方を期待するのも無理かしら。

「おぬしがエリサ・オルロンドか？」

「は、はい」

男がぶっきらぼうな声で尋ね、私は少し緊張しながら答えました。

「私が辺境伯のレリクス・ロンドバルドだ」

その言葉に私は失礼ながら驚きました。

お世辞にも彼は辺境伯の位を持つ人物の身なりとはいえません。着古したチュニックに飾り気の

ないズボンと、身に着けているものは少し裕福な平民とそこまで変わりません。

しかし彼の鋭い目つき、貫禄ある声は常人とは思えません。服の袖や襟元からのぞく肉体は鍛え上げられているのでしょう、筋肉がついていて引き締まっていますし、その眼光は何物をも見通すかのようです。これまで幾多の修羅場をくぐってきたのか、身体には小さな古傷が数多くありました。

そんな彼ですが、初対面だというのに私に対する敵意を隠そうともしません。

醸し出される険悪な雰囲気にたじろいでしまいそうになります。

「先に言っておくが、都からきた貴族のご令嬢たちはすぐにここの暮らしに絶望して帰っていく。おぬしはおそらく五人目だ。帰りたくなったらいつでも好きに帰るといい」

「い、いえ、そのようなことは……」

いきなりそのようなことを言われ、私も答えようがありません。

「建前はいい。話に聞く限り、都では男遊びをしていたそうではないか。そんな奴がこの地での暮らしに堪えられるとは思えぬ」

「そ、それはまったくの嘘です！　私はまだ清らかな身です！」

これればかりは信じてほしいと思いつつ私が叫ぶと、レリクスは私の全身を値踏みするように見ました。

が、すぐに彼はふん、と鼻を鳴らします。

「どうだかな。何にせよ、ここで一か月も暮らせばわかるだろう。貴族の箱入り娘が期待するような花嫁生活はできないが、代わりに好きに暮らすといい。ただどうせ帰るなら早く帰ってもらった方がこちらとしても気が楽だ」

「……」

そこまであけすけに言われるなんて。

「この者が我が家の執事のマルクだ。何かあれば彼に言うがいい。もっとも、当家が用意できるものは何もないがな」

そう言ってレリクスは家臣たちを連れて去っていきます。

私をここまで連れてきた御者たちも役目を終えたとばかりに来た道を帰り、後に残されたのは老齢の執事マルクと私だけ。

彼は年齢は五十ほどでしょうか、白くなった髪をオールバックにまとめ、顔つきはレリクスとは反対に温和な印象です。

彼は私を嫌っているというよりは、レリクスの私に対する態度を見てすっかり困ってしまっているようでした。着ている執事服は着古されていますが、丁寧に手入れされているせいかみすぼらしい印象はありません。

思っていた以上の状況の困難さに私は呆然としてしまいます。

確かにこんな方が相手では、一か月もたずに都に帰ってしまったご令嬢たちの気持ちもわからなくはありません。

とはいえ、私は先に来た方々と違って帰ることもできませんが……

レリクスの姿が見えなくなるとマルクは一つ大きなため息をつきました。

彼は私を見て申し訳なさそうに言います。

「申し訳ありません、エリサ様。レリクス様は本来あのような言い方をなさる方ではないのです。しかし最初に嫁いでこられたご令嬢が三日で田舎暮らしに嫌気が差し、帰ってしまわれたのです。それ以来閣下は都から来た者を厭《いと》われるようになりまして」

「そ、そうだったのですね」

それを聞くと私は苦笑するしかありません。

確かにシシリーがこの地に来たら、レリクスの態度がどうであろうと三日ももたずに逃げ出すでしょう。そしてレリクスからすれば、そのような去られ方は不愉快なはずです。

「ロンドバルド領は領地は広くても、近年は日照りが続き、このように貧しい暮らしを強いられています。また、集めた税や元々の財も魔物と戦うための軍備に割かねばならず、立派な屋敷を建てることもできないのです」

「そうだったのですね」

話を聞くにつれ、私の中でレリクスの領主としての評価は上がりました。

確かに頑固で偏屈という評判は当たっていますが、彼は貧しい領地の中で自分だけ贅沢をせず、自ら率先して倹約しているのです。

であればその妻となる私も、その倹約生活に不満を言うべきではないでしょう。

まあ、それ以前の問題があるような気はしますが……

「わかりました。私もなるべく贅沢はせず、ひっそりと暮らします」

「そう言っていただけるとありがたいです。ではこちらへどうぞ」

マルクはレリクスが私を粗略に扱うことを申し訳なく思っているようで、しきりに恐縮しています。

マルクに案内された部屋は、正直言うと途中で泊まった街の宿と大して変わりません。置いてある家具は全てが古く、ちっともおしゃれではありません。

ただ掃除は行き届いており、古い割に清潔さはありました。それに屋敷自体が広いために部屋も広く、荒れてはいますが庭もついています。手入れ次第ではきれいな庭になるかもしれません。

持ってきたわずかな荷物を片付けた後、出てきた質素な夕食を食べて私は横になりました。当然初夜などなく、食事も就寝も私一人です。

本当にこの地でうまくやっていけるのか。レリクスは私に心を開いてくれるのか。心配事はつきませんが、横たわると旅の疲れがどっと出て、そのまま眠ってしまいました。

翌日から、一応私の辺境伯夫人として暮らしが始まりました。

とはいえ、夫人らしい待遇や家事をすることもほとんどなく、執事のマルクは呼べば来てくれますが、私に何か役割や務めを求めることは一切ありません。

これでは夫人というより、ただの居候《いそうろう》です。そもそも私たちは結婚式すら挙げていません。これでは本当に結婚しているのか疑わしくなってきました……

もちろん自由にしていいと言われるのは嬉しいのですが、それはあくまで自分が受け入れられている場合です。そうでない場所で好きにしていいと言われても、居心地の悪さが上回ります。屋敷の中を少し歩くと、ほとんどの使用人は私が誰なのかも知らず、じろじろと無遠慮な視線を向けられました。そういえば、館の侍従や侍女に紹介もされていませんね……？

伯爵からすれば、一か月もせずに帰るような女は相手にするだけ時間の無駄なのでしょうが、そういう態度が余計に私を追いつめています。

レリクスの部下たちも私とすれ違ってもどうせすぐいなくなると思われているのか、見て見ぬ振りに近い反応をされてしまいます。

そんな訳で私は二日目の夕方にして、すでにむずむずしてきました。

こんな針の筵《むしろ》のような状態で放っておかれるぐらいなら、家事の一つでもした方がよほど気が楽です。

思いたってすぐ、マルクを探します。

「マルク？」

が、マルクは見当たりません。館を出ているのでしょうか？

探し回っていると、一人の使用人が私に気づいて声をかけてくれました。

「マルクだったら厨房にいるよ」

「厨房ですか!?　ありがとうございます」

なぜ彼は執事なのに厨房にいるのかしら？

王都にいた私には料理は侍女がするもの、という意識があるため、首をかしげます。もちろん料理人の多くは男性ですが、専門として働かれている方ばかりです。

私が厨房に向かうと、本当にマルクが何人かの使用人とともに包丁を手にしていてびっくりしました。しかも見たところ、特別包丁捌《さば》きがうまいようにも見えません。

マルクは私に気づいて驚いたように尋ねます。

「何かご用でしょうか？」

「いえ……なぜマルクが料理しているのですか？」

私の問いに彼はきょとんとした顔をします。

「そりゃあ、料理人などを雇えばお金がかかってしまいます。ですので、この屋敷では料理は手が空いている者がやることになっているのですよ」

「そ、そうなのですか」

一瞬、効率的ですね、と納得しかけましたが、そんなことってあるのでしょうか。

料理は向き不向きがありますし、技術の差がかなり明白に出ます。手が空いている人がやる、などといい加減なことではかえって効率が悪いような……

実際、目の前でマルクはせわしなく使用人に指示を出していますが、あまり手際よくは見えません。マルクが不慣れなだけでなく、ほかの者たちも料理には不慣れなようで、動きもぎこちないようです。

そう言えば――昨晩の夕食、今日の朝食、そして昼食を思い出しました。

どれも御世辞にも出来がいいとは言えません。来たばかりで文句を言うのも良くない、と黙っていましたが、まさかそんな事情だったとは。

そうとわかれば話は別です。

「でしたら私がやります」

「はい?」

私の言葉に今度はマルクがぽかんとしました。

「あの、エリサ様には何もさせるな、とレリクス様から申しつけられておりまして……」

何もさせるなとはまた酷い言い草だわ。

ここは退く訳にはいきません。何もしなければ私はずっと浮いた存在になってしまいます。あと食事もずっと微妙なままです。

私はほかの貴族令嬢と違って自ら体を動かすことに抵抗がありません。それよりも早くこの家に馴染みたい。

「それにお言葉ですが、エリサ様は包丁を握ったことがおありでしょうか？」

なるほど、どうやらマルクは私をただの箱入り娘と侮《あなど》っているようです。

前にこの家に嫁いだ娘はそうだったのかもしれませんが、私はそうではありません。

何度かエリックに料理を教えてもらった腕前を見せてあげることにしましょう。

「そこまで言われては私も引けません。どちらがおいしい夕食を作れるか、勝負しましょう」

「……わかりました。くれぐれも怪我だけはしないでくださいね」

いいでしょう、絶対に負けられませんね。

私はエプロンをつけて腕まくりすると、まずは食材の見繕いから始めました。

「ふう、これならまああの出来では？」

ロンバルト家は質素な暮らしをしているので食材が限られていましたが、悪くない出来栄えです。

ジャガイモやニンジンといった根菜のスープ、川魚のステーキ、パンだけはどうしようもなかったので、切ってジャムやチーズを添えただけになりました。

いつも出てくる料理とメニュー自体はそこまで変わりませんが、私が一人でてきぱきと料理を作り終えたことにマルクは少し驚いたようです。

「な、なかなかやるじゃないですか。でも問題は味ですよ」

「でしたら一口食べてみてはいかがです？」

味付けでしたら負ける気はしません。

マルクはスープを一口飲み、さらに魚を一口食べて表情を変えました。

「むむ、これはすごい。ただのジャガイモなのに硬くもなく崩れもなく煮込まれている。しかも塩と胡椒の振り方が絶妙だ。川魚も焼き加減は言うに及ばず、ニンニクを使ったソースも絶品だ」

気が付くとマルクはこれが味見だということも忘れてぱくぱくと料理を口に運んでいます。

料理が本職ではないマルクを悪く言うつもりはありません。ですが、これまで出てきた料理にはスープだと野菜が生煮え、魚や肉は味付けが塩だけという品も混ざっており、ちょっとでも料理の練習をしたことがある者なら、まず負けないでしょう。

最初私の料理の腕前を疑い、厨房から追い出そうとしていたマルクも、料理を食べ進めるにつれてどんどん無言になっていきました。

そんな彼にダメ押しで告げます。

「納得していただけましたか？　これからは料理は私も手伝います。いいですね？」

「は、はい」

私の言葉にマルクは頷くのみでした。

それを見ていた周囲の使用人たちは期待と不安が入り交ざった眼差しを向けてきます。

確かに料理の腕前は披露したけど、彼らからすれば突然嫁いできた公爵令嬢が厨房に乗り込んできただけのこと。戸惑うのも無理はありません。

こうして私は強引ではありますが、ようやく屋敷内に居場所を手に入れました。

何もすることがなかった私の日常に、料理という役割が入ってきたのです。

早速次の食事から厨房に立つことにしましたが、執事のマルクも一緒についてきました。

「そんなに私に任せるのが不安ですか？」

私の言葉にマルクは少しためらった後、毅然とした態度で告げました。

「そうではありません。ここでの食事の用意はただ調理をすればいいというものではないのですよ。レリクス様を始め、数十人近くの家臣たちの料理を作る必要があるのです。そんなにたくさんの量を作ったことはないでしょう。それに厨房で働く者たちは私の部下であって、あなたの部下ではありません」

言われてみれば、この屋敷には伯爵の家臣が数多く暮らしていますね。不要な使用人は雇わないようですが、武将や役人など軍務や政務に必要な者の数は多いはず。

私が生家で食べていた料理は、基本的にエリックのような専属の料理人が家族の分だけを作っていました。そういう料理を習ったことはありますが、使用人全員が食べられるような大量の料理は作ったことがありません。

そうなると一人で用意するのは無理ですが、料理を手伝ってくれる使用人たち、いきなり見ず知らずの私が指示をすると印象も良くないため、マルクは手伝うと言ったのでしょう。

しかも家臣たちは屋敷に出入りするため、日によって必要な量も変わり、それは部外者の私にはわかりようがありません。そう考えるとマルクが手伝ってくれるという配慮はありがたいものだわ。

毎日違う分量で作り、毎回担当者を適当に選んでいる以上、料理の味が安定しないのも納得です。むしろ自分の料理だけ別に作らせることをせず、部下と同じ料理を食べるレリクスはすごい方ね。

「わかりました。手伝ってもらえるのであればありがたいです」

何がどこにあるのか、わからないこともたくさんありますし。

「今日は五十七人……多めに、六十人分用意しましょう」

「わ、わかりました」

マルクに頷いてとりあえずレシピを六十倍し、用意した材料を大鍋に入れます。

一応執事にも部下がいて、野菜を洗ったり切ったりしてくれるのですが、ほとんどの方は素人なので、具材を均一に切ることから教えなければ。

「あの、別に形なんて不ぞろいでよくないですか？」

一人が不満そうに言います。具材の大きさを揃えるなど面倒と思ったのね。

「形がどうこうというよりは、大きさが不ぞろいだと火の通りがばらばらになるので、煮崩れや生煮えが増えてしまうんですよ」

「それで野菜がおいしくなかったのか」

私の言葉に彼らはなるほどと納得します。

これは先が長そうですね……

六十人前を一気に作るため、必然的にレシピは簡単なものになります。材料はとりあえず六十倍すればいいですが、問題は火加減やこれまで「適当」で味付けしていた調味料などです。

その辺の最適解を探るため、私は何度も味見を繰り返さなければなりませんでした。

「ふう、疲れた……」

一日目にして料理を終えるとぐったりしてしまいました。

そんな私にマルクが優しく声をかけてくれます。

「お疲れ様です、そしてありがとうございました。おかげで今までよりも随分手際よく、そしておいしく作れたと思います。しかし、大変でしたらやはりやめておいた方が……」

「いえ、やります。確かに大変ですが、何というか、この家にようやく自分の居場所が見つかったような気分だわ」

「居場所ですか。……まあ、そう仰るなら助かりますので今後もぜひお願いいたします」

マルクは一瞬複雑そうな表情を見せましたが、頼むことに決めたようです。

マルクもまだこれまで嫁いできたご令嬢のように、私が王都に帰ると思っているのでしょうか。少し悲しくなりますね。

疲れたとはいえ、久しぶりに厨房に立って料理をするのは楽しかったし、これからももっと皆さんにいろいろ教えたり、自分でも挑戦したいことが見つかったというのに。

口を結んでいると、私の元に先ほど一緒に作業をしていた使用人が数人やってきます。

「前の料理長がいなくなってから料理の作り方なんてきちんと教わったのは初めてです」

「今後も、少しずつでいいので教えてもらえると助かります」

その言葉を聞いて少しほっとしました。

私の行動は少なくとも彼らには好意的に受け止められているようです。

公爵令嬢が嫁ぎ先で手ずから料理をするのはおかしなことですが、ようやくこの家の中に居場所を見つけた私は大きな満足感を得ました。


翌日も私は朝、昼、夕と厨房に立ちました。

大人数の料理を作るのは骨が折れますが、だんだん皆さんとの連携がうまくいき、彼らも少しずつ手順などを覚えてきたため、私の手間は徐々に減っています。

実家にいたころはおいしさだけを重視して料理していましたが、こちらでは作りやすさや手順の単純さなど、いろいろ考えて料理するようになりました。

最初は戸惑うことも多かったのですが、そういう工夫も慣れてくると楽しく感じます。

こうして暇を持てあましていた初日から一転、私の日々は慌ただしく過ぎていきました。

そんなある日のこと。

私が廊下を歩いていると、伯爵家の家臣が二人で話しながらこちらに歩いてくるのが見えました。後ろめたいことは何もありませんが、思わず隠れて立ち聞きしてしまいます。

「なあ、最近ご飯がおいしくないか？」

「もしかしてレリクス閣下が腕のいい料理人でも雇ったのだろうか」

「まさか、あの閣下に限ってそんなことにお金を使う訳がない」

料理に関することを話しているのだ、と気づくと自然と鼓動が早くなります。

「でも急にこんなに味が変わるなんて、料理人が来た以外ありえないだろ」

「都からまた貴族のお嬢様が来たらしいけど、そのおかげじゃないか？」

「まさか！　貴族のお嬢様が俺たちのご飯なんて考えてくれる訳ないだろ」

「それもそうだな」

二人はそう言って通り過ぎていきました。

自分の料理の腕などまだまだだと思っていましたが……料理人と間違えられたのは存外に嬉しいものですね。

私が皆の食事を考える訳がないという偏見は多少不本意ですが、事実を知った時の反応が楽しみでもあります。今はまだ自ら言うのはやめておきました。

レリクスの変化

エリサがやってきてから三日ほど経ったある日のこと。

基本的にレリクスは武将や役人、もしくは執事らとともに夕食をとり、情報共有やねぎらいの言葉をかけることが多いのだが、その日はマルクと二人きりで夕食をとっていた。

最初は屋敷内のことや政務について話していたが、話題が一段落したところでふとマルクに尋ねる。

「そう言えば、最近エリサはどうしている？」

「いえ、特に目立ったことは……」

マルクは内心少しだけ動揺しながら答える。

「もし王都に帰りたがっているようだったら、すぐに帰してやれ。早い方があとくされがない」

レリクスが「何もさせるな」と命じたのは、どうせ帰るなら最初からいないものとして扱った方がいい、という意図があったからである。

実際、これまでの結婚相手は三日も経つとこの領地の環境や辺境伯の質素な暮らしに堪えかねて弱音を吐き始めた。

「いえ、今のところ、そのようなご様子はございません」

マルクはレリクスの問いに微妙な答え方をした。

彼にとって、エリサが料理を手伝ってくれるのはとてもありがたかった。

元々マルクは書類仕事が得意で、レリクスにその能力を買われてロンバルト家の執事となった。

それが、財政の逼迫《ひっぱく》により人員が減っていき、今では何でもやらなければならない。その中でも料理は特に苦手だったのでエリサの手伝いは非常にありがたく、できれば帰らないでほしかった。

とはいえ、主君の妻に料理を手伝わせているなどとは言えず、言葉を濁してしまったのだ。

レリクスはマルクの答えを聞いて首をかしげた。

なぜエリサは王都と比べれば質素な暮らしを強いられ、自分が意図的に冷たい態度をとっているのに帰ろうとしないのだろうか。

我慢強い性格なのかと思ったが、嫁いでくる前に耳にした一つの噂を思い出した。

「もしや都で悪い噂が立っているから、是が非でも帰らないつもりか？」

「さあ……どうでしょう」

マルクは再び言葉を濁す。

マルクには彼女が噂のような男好きには見えなかったが、初対面の使用人にも気さくに接するところがあるので、誤解されたのかもしれない。

「噂されているような方には思えませんが」

「そうか」

レリクスはエリサに大して興味がないのか、すぐに話題を次へと移した。

「しかし、今日の料理はうまいな。具に火がちゃんと通っていて、味がよくしみている。一体誰が作ったのだ？」

レリクスはどんな粗食でも基本的に文句を言わない。

しかし今日のご飯はいつもとメニューは一緒でも、丁寧に調理されている。最近は特に人手が足りないせいで料理がおろそかになっていたので味の違いが際立っていた。

そのためレリクスの機嫌もいつもより良い。

「はい、今日からはエリサ様が作ったものを……あ」

何の気なしに答えてしまい、マルクは慌てて口を閉じた。

レリクスにエリサに料理を手伝わせていることがばれてしまったためである。

「も、申し訳ございません」

マルクは急いで頭を下げる。

命令を破った上、勝手に主君の妻に台所仕事の手伝いをさせるなど言語道断だ。

レリクスはそんなマルクを見てため息をついた。そして先ほどからマルクの受け答えが少しおかしかったのもそのせいだったのか、と納得する。

が、レリクスはすぐに興味なさそうな顔に戻った。

どうせすぐに他人となるのだからどういう扱いを受けていようと気にならない。

「まあ、伯爵夫人になっても仕事が家事だけとわかれば、すぐに帰りたくなるだろう」

けれども、マルクはおや、と思った。

レリクスは無関心な振りをしつつも、言葉の端々から少し寂しそうな感情が感じとれたからである。まるで今度の相手には帰ってほしくない、とでも言うかのように。

頑固さに関しては王国でも有名なほどのレリクスが、少しとはいえ態度を変えるとは。

二人が話した様子はまだないから、やはり胃袋を掴むのが王道なのだろうか。

これは、もしかするとエリサはこのまま滞在するのでは？

こうしてマルクは、これからもエリサに料理を手伝ってもらおうと、ほんの少し笑みを浮かべたのだった。

シシリーの誤算

エリサが辺境へ旅立ってから数日後、改めてシシリーは婚約者としてケビン殿下に拝謁が決まった。オルロンド公爵家にとってはエリサの噂が恥という側面が強いので、盛大なパーティーなどは催されず、あくまで内々に婚約者交代が行われる。

（ようやくケビン殿下と結ばれるわ。これで未来の王妃は私のもの）

幼いころから蝶よ花よと育てられたシシリーは、自分がこの国の女性の中で一番優れた存在だと信じるようになっていた。

実際のところ、彼女から見て自分よりも美しい女性がほかにいるとは思えない。だからこそ自分は国で一番優れた人物であるケビン殿下と婚約して当然としていた。

しかしその相手はすでに決まっており、それが普段から内心で見下しているぱっとしない姉だという事実が彼女にとっては許せなかった。

（確かに私は周囲にちやほやされているけど、私が本当に欲しいものはいつもお姉様が手に入れてしまう）

シシリーは四年前のパーティーを思い出していた。

あの時自分が声をかけた男性は、申し分なく格好よく素敵であった。

だからこそ夢中で話しかけた訳だが、彼は終始自分に対して子供扱いしかしなかった。

それだけなら諦めもついたが、あろうことか彼は彼女を連れ戻しにきたエリサに対しては対等に話していた。その後もエリサには声をかけていたのだ。

似たようなことがその後も数回あり、そのたびにシシリーは劣等感に苛《さいな》まれてきた。

自分は有象無象の男たちにはちやほやされるが、本当に自分と結ばれるべき人物はいつもエリサを選んでいた。

しかしそれももう終わった。

あの地味で大した取柄もない姉から、ケビン殿下の婚約者、そして未来の王妃の座を奪い取ってやったわ！

シシリーはうきうきとした。

精いっぱい着飾ろうと、家のお金を惜しみなく使い、きれいなドレスを仕立ててもらった。普段は十二歳という年齢もあって、ピンク色のフリルがついた子供っぽいドレスを纏《まと》うことが多かったが、今回は清楚な印象を保ちつつも、少し露出を増やし女性らしさを意識した。さらに、王都で高名のスタイリストを呼び、髪も整えてもらった。

シシリーは鏡に映った姿を見てこれが本当に自分の姿かと自分でも驚いた。

「おお、さすがシシリーだ」

「エリサなんかとは違って美しいわ」

彼女の晴れ姿を見た両親も相次いで賞賛の言葉をかける。

それを聞いてシシリーは心から満足した。これならケビン殿下もすぐに姉を忘れて自分の虜になるだろう。

満を持してシシリーは王宮へ向かい、そして緊張しながらケビン殿下の部屋の戸をたたく。

「シシリーです。本日はお招きいただき、ありがとうございます」

「どうぞ」

殿下の声に促され、シシリーはドアを開けて中へ入った。

部屋にはすでにお茶とお菓子の準備がなされており、そこには美しい風貌のケビン殿下が座っている。彼の容姿は完璧だ。最初にお姿を見た時、この方こそ自分とお似合いだ、とシシリーは息をのんだことを思い出した。

「やあ、君がシシリーか。僕はケビンだ、よろしく」

ケビン殿下は見た目がいいだけでなく、声もゆったりりして美しかった。

「はい、シシリー・オルロンドです。よろしくお願いしますわ」

そう言ってシシリーは優雅に一礼し、席につく。

この瞬間、この方こそ自分の婚約相手にふさわしく、逆にこの方にふさわしいのは自分しかいない、とシシリーは確信した。

「噂にたがわぬお美しさですね」

「そうだろう」

シシリーの言葉にケビン殿下は満足そうに頷く。

彼女はその後に「でもシシリーもきれいだよ」というような言葉がかかるのを待っていたが、殿下は満足そうに紅茶を飲むだけで一向にシシリーの望む言葉をかける様子はない。

しかも彼は一人で紅茶の香りを楽しんでおり、シシリーに注意を向ける様子がない。

たまりかねた彼女は尋ねた。

「あの……私、どこか変でしょうか？」

「そんなことはないよ？　まあきれいな方なんじゃない？」

ケビン殿下はまるで興味なさそうに言う。

その言葉の端々から、「自分以外の美しさなど五十歩百歩」という、彼の本音が透けて見えた。

「あ、ありがとうございます」

シシリーはどうにか愛想笑いで答えたものの、殿下は今度は手鏡を取り出して自分の髪を直し始める。

百歩譲ってシシリーがそこまで美しくない女性だとしても、婚約者に対してこの態度はいくらなんでも失礼だろう。彼の目の前にいる相手は国で一番美しい自分だ。その自分相手にこんな態度をとる男がいるなんて。

シシリーはさすがにおかしいなと思い始めたが、せっかく手に入れた相手、懸命に会話をつなぐ。

「あの、殿下は休日はどのようなことをして過ごされていますか？」

「自分磨きかな」

「実は私は手芸とお菓子作りが趣味なのですが、殿下は好きなお菓子などございますか？」

「アップルパイかな」

「そうなんですね！　では今度お作りしますわ」

「それならせいぜい頑張ってくれたまえ」

ケビン殿下との会話はずっとこんな感じだった。

いくらシシリーが会話を膨らませようとしても、ケビン殿下は簡潔な答えを返すだけでまともに会話を続けようとしない。会話が下手というより、続ける意思が全く感じられなかった。

これまで男の歓心を買うような会話を繰り返してきたシシリーでも、相手がここまで自分に無関心だと心が苦しくなってくる。

これまでもシシリーと会話してもなびかなかった男はわずかながらもいた。

あまり女性に興味がないとか、ほかに好きな女性がいるとかですぐにはシシリーになびかない者もいる。

そんな男たちを一撃で落としてきた必殺技をシシリーは使おうと決めた。

「……あの、殿下は先ほどから私にあまり興味をお持ちではないようですが、もしかして私のこと、お嫌いでしょうか？」

あえて不安そうな声色を作り、目を潤ませながら上目遣いでケビンを見つめる。

これまでこの上目遣いで心を動かさなかった男は誰一人いなかった。

が、ケビン殿下はシシリーを一瞥《いちべつ》すると興味なさげに言った。

「別に嫌いではない。ただ、君は自分のことをたいそう美しいと思っているようだが、僕に比べれば全然だというだけだ」

そんな！

その言葉と殿下の冷淡な表情を見て、シシリーの心は完璧に折れた。

これまで十二年間生きてきて他人からここまで酷いことを言われたのは初めてである。

同時に、それまで国で一番完璧な人物だと思っていたケビン殿下への憧れも一気に冷めてしまう。

「すみません、長くお話をしていて疲れたので、今日はこれで失礼します」

そう言って彼女は立ち上がると、逃げるように部屋を出た。

「せいぜいゆっくり休んでくれ」

シシリーの背中にかけられたのはケビン殿下の気持ちのこもっていない声だった。

第二章　楽しい辺境暮らし

私が調理をするようになってから一週間ほどが経ちました。

厨房に出入りしては料理をしているという事実も徐々に広まってきたらしく、最近は廊下ですれ違う家臣たちに「料理おいしかった」「今回の奥方様は今までの方とは違う」などと褒めていただくことも増えました。

レリクスは依然として私と会話さえしてくれませんが、最初は嫁いできたことすら認知されなかった私の存在は、気が付くと屋敷中に知られるようになったのです。

私はようやく、屋敷に確固たる居場所を得たのです。

当初思っていた貴族の妻のイメージとは全く異なり、妻というより料理人に近いですが、ないよりはましでしょう。

正直なところ、公爵令嬢として窮屈なしきたりに押し込められるよりも、好きに料理して出来を褒められる方が私の性に合っていますわ。

さて、そんなある日のこと。

最近は少しずつ作業にも慣れてきたので、料理中にマルクと料理だけでなくこの屋敷や領地のことなども話す機会が増えてきました。

「最近は料理にとられる時間が減って本当に助かっております。また、レリクス閣下の家臣たちにも大好評のようです」

「それなら嬉しいですわ」

とは言うものの、マルクはどこか浮かない表情をしています。

周囲をよく観察してみると屋敷の人々は皆どこか浮かない様子でした。

もっとも、今日は特別落ち込んでいるというより、私がこの屋敷に馴染んで皆の表情の変化がわかるようになったのかもしれません。

「あの、何かあったのでしょうか？」

「実は最近全く雨が降らず、領土各地から作物が枯れそうだという報告が入っているのです」

「なるほど……」

言われてみれば、ここにくる道中、そして嫁いでからも雨は降っていません。たまに降ったとしても気が付いた時には上がってしまっています。

「乾燥に強い根菜類はどうにかなるでしょうが、小麦は厳しいかもしれません」

彼はそう言ってため息をつきます。

辺境伯領は見る限り、工業や商業が発達しているようには思えません。ということは、農業が打撃を受ければ即座に財政は逼迫《ひっぱく》してしまいます。

そしてローザン王国ではパンが主食であるため、畑の主な作物は小麦です。根菜類の栽培を増やすことで飢饉《ききん》への対策はとれるかもしれませんが、現状の水不足の解決には役立たないでしょう。

「例年よりも酷い日照りなのですか」

「そうです。何年かに一度、酷い旱魃《かんばつ》の年があるのですが、ここまで降らないことはなかなかなかったと思います」

長く仕えているマルクが言うのですから、相当なことですね。

どうにかならないものでしょうか……

私はふと道中に出会った精霊のことを思い出しました。

雨のことであれば水の精霊に頼むのが一番では……？


その日の夕食を終え、自室に戻ると早速道中に精霊から受け取った鈴を取り出しました。

あれ以来精霊と会うこともなかったし、こんなことを言っても信じてもらえなさそうだったので誰にも言いませんでしたが、今こそこれを使う時がきたようです。

どうなるのだろう、と少し緊張しながら鈴を振ります。

鈴はりんりん、と軽やかな音を立てて鳴りました。

すると、庭にあった水たまりから魔力がふわっとあふれる気配とともに、いつの間にか私が助けた精霊が顕現していました。

彼女の肌は透き通りそうなほど白く、身体からあふれ出すオーラは以前の時より少し強くなっていました。

きっとあの後、いくらかは自力で体力を回復したのでしょう。

元気そうで何よりです。

「お久しぶりです。あの節はお世話になりました」

前に会ったときよりも軽やかな声で彼女は言います。

「いえいえ、それよりも元気になったようで良かったです」

「あの時はうっかり一度に力を使い過ぎてしまいました。あれ以来、大人しくしていたので少しは力が回復しました」

精霊のことはよくわかりませんが、そういうものなのでしょうか。

「それで、本日はどのような用件でしょうか？」

「助けてください。最近雨が降っておらず、この辺りの作物が水不足で窮地に陥っているのです」

私の言葉を聞いて彼女は少しだけ眉を曇らせました。

「なるほど。実は雨が降っていないのは、私の力が衰えていたことと関係があるのです」

「え、どういうことですか？」

確かに水の精霊の力が衰えて雨が降らなくなるというのはわかります。

しかしなぜ力が弱まっていたのでしょう？

「この領地にはロンドバルド河と呼ばれる大河が流れているのです。その河の上流はラーザン子爵という王国貴族の領地を通っているのですが、そこに貯水池が造られまして。それ以来、私の力はだんだん衰えていったのです」

河に貯水池ができると精霊の力は衰えていくのね？　わかるようなわからないような理屈です。精霊というのは大自然の力を生命力にしているらしいので、人工物ができたり、水の流れをせき止めると良くないのかもしれません。

「実はあの時も最後の力を振り絞って雨を降らせようと思ったのですが、うまくいかず……」

「なるほど、そういうことでしたか。では雨を降らせるのは難しいのでしょうか？」

それを聞いて少し落胆しました。やはり一日分のお弁当で雨を降らせてもらおうというのは不相応の要求かしら。

「確かに私の体力は回復しましたが、以前のように雨を降らせるのは難しいでしょう。しかしあなたには助けていただいた恩があります。この付近だけに、短い間雨を降らせるぐらいなら今の私でもできるでしょう」

「お願いします」

私が頭を下げると、彼女は私にはよくわからない祈祷のような動作を始めます。

それはまるで異民族の舞踏のようでもありました。

そして時折ぶつぶつと私にはわからない言葉で何かを唱えます。

やがて、夜空にむらむらと黒雲が集まってきました。嵐の直前のような空模様で、彼女の力に息をのみました。

雨雲を見て彼女は少し疲れたのか、舞踏をやめてその場に座り込みます。

「はあ、はあ……あまり広い範囲ではありませんが、どうにかうまくいったようです」

「ありがとう！　これで多分作物は助かると思います！」

「恩返しできて良かった。とはいえ、貯水池がなくならない限り、この先も私の力が元に戻ることはないでしょう」

「そうなのですか」

それればかりは私にどうにかできることではありません。

あくまでこれは一時しのぎに過ぎないのですね。

もしレリクスと普通に話せるようになれば、事情を伝えてみましょうか。

「では、私はこれで」

彼女は頭を抱える私にそう言って姿を消しました。

彼女が消えた直後、上空に集まっていた雨雲からまるで堰を切ったように大雨がごおごおと音を立てて降り始めました。

大きな雨粒が建物の屋根や壁を激しく打ち、庭はあっという間に水たまりだらけ。私は慌てて窓を全て閉めたのですが、それでもその大きな雨音に、眠れなくなったほどでした。


翌朝、起きるとさすがに雨はやんでいました。

しかし雨が降った名残として庭の土はぬかるみ、いくつもの水たまりができています。

屋敷の中も天井が古くなっていたせいか、ところどころ雨漏りしているのが見えました。

それでも皆は喜びを露わにしています。

「ようやく雨が降った……」

「これで我が領地の作物も持ち直すな」

「助かった。もし神が雨を降らせてくれたのなら、感謝しなければ」

家臣や使用人たちも、突然の天の恵みに口々にそんな感想を呟いています。

それを聞いて私もほっとしたのでした。


さて、こうして日照り問題はいったん解決したのですが、そこでふと思い出しました。

王都で私が時々食べていたサツマイモという甘味が強い芋……確か日照りに強かったはず。聞いていた知識通りであればこの辺りの気候でも育ちそうですが、この屋敷に来てから一度も見かけません。

私は芋のふかふかした食感と甘さが不意に恋しくなりました。

「マルク、ちょっと聞きたいのですが」

いつものように料理を始める直前、マルクに尋ねます。

「何でしょう？」

「この辺りではサツマイモはとれないのですか？」

「サツマイモ？　それは異民族の間で作られている作物ではありませんか？」

マルクは首をかしげました。

確かにここよりさらに南方に暮らす異民族の地ではよく栽培されていると聞きます。

「確かに異民族の間でもよく作られていますが、王都でも時々食べていましたよ」

マルクは少し考えこみましたが、やがて申し訳なさそうに答えました。

「我が領地は都と違って貧しい上に、栽培できる作物も限られております。そのため都では当たり前にあるものでもこちらにないものが多くありまして……」

確かにそうですが、サツマイモに限って言えば、そこまで高級品ではなかったはずです。たくさん流通している訳ではありませんでしたが、単に産地が遠いからという理由だと聞きました。

王都周辺の気候は栽培に適していない上、貴族の食べ物ではないと思われていたようでしたが、逆に温かくて乾燥しているこの地ではむしろ向いているのでは。

「ですが、サツマイモはここでの栽培に適していますよ」

「そうなのですか？」

「それに、つるを土に植えるだけで育つので、栽培に失敗しづらいのです」

「なるほど。しかし一体なぜそのようなことをご存じなのですか？」

私の知識にマルクは不思議そうに首をかしげます。

確かに、王都でぬくぬくと育った貴族令嬢が知っていることではないのかもしれません。

「実は……サツマイモの料理が好きで、幼いころにエリック、いえ実家に仕える料理人に家の近くで栽培できないか、無理を言ったことがあるのです」

今となっては懐かしい思い出です。

ちなみに私が勝手に庭でサツマイモを栽培しようとしたのを知った母上は、「こんなみすぼらしいものを食べていたら、我が家の評判が落ちる」と激怒したため、実際に育てたことはありませんが。

「なるほど。南方で作られているのでしたら手に入れやすいですな。今度出入りの商人に持ってくるよう言ってみましょう」

マルクは納得したように言いました。

遠くの産物を取り寄せるのはお金がかかりますが、近場であれば安く済むということでしょう。

相変わらず台所事情は大変そうです。

おいしいと思った食材については産地まで聞いておいて本当に良かった。

「ぜひお願いします」

「しかしお言葉ですが、そんなにおいしいものなのですか？　正直なところ、あまり美味という話は聞いていませんが」

「はい、おいしいですよ。ジャガイモと違って芋なのに甘いのです！」

「芋なのに甘い？　よくわからないですね」

ぴんとこないようで首をかしげられてしまいました。

その日はそこで会話が終わり、私たちはいつもの料理を始めることにしました。


「エリサ様！　サツマイモが届きました！」

「本当⁉」

それから数日して、私はマルクに呼ばれて急いで屋敷の門に向かいました。

そこにはたくさんの作物を積んだ荷車と商人の男たちがいました。一般的な商人の印象とは少し異なり、日焼けしたがっしりした体つきの若い男がリーダーのようで、荷車を曳いている部下が数人います。

彼は私を見るとうやうやしく頭を下げました。

「初めまして奥方様。私はロンドバルド家でひいきにしていただいているケルンと申します。以後お見知りおきを」

「エリサです」

堂々と「レリクスの妻のエリサです」と名乗れなかったことに、ほんの少しですが胸が痛みます。

いつかレリクスとも打ち解けられるといいのですが……

そんな思いをぐっとのみこんでケルンに応対します。

「早速ですが、サツマイモを持ってきていただいたのですね」

「はい」

彼が促すと、部下の男が荷車を覆っていた布をとります。そこには大量のサツマイモが積まれており、さらにその隣には芋の苗まで用意してありました。

私は思わず歓声を上げました。

「うわあ、これはすごいです！」

「いえいえ、お屋敷にお伺いするならこれぐらい当然ですよ」

確かに実家に商人が来るときもいつも荷馬車で大量の食材を届けてくれていました。

「今までロンドバルド家ではあまりサツマイモの注文がなかったので、てっきり自給自足なのかと思っていましたよ」

「え？」

ケルンの言葉にマルクが驚きます。

「なぜそう思っていたのだ？」

「この辺りはサツマイモの栽培には絶好の土地と気候です。今回はここよりもさらに南方の異民族の地から持ってきましたが、むしろ私としてはこの地から王都にサツマイモを売りに行く方が多いかと思っていました……確かにロンドバルド領からサツマイモの出荷を依頼されたことはありませんでしたね」

「なるほど、では我らが栽培に成功すれば王都に売れるだろうか？」

マルクが尋ねます。

「もちろんです。大人気とまでは言いませんが、独特の甘みは幅広い層、特に市井の人々に人気がありますし、貴族の方でも時々スイーツなどに使われますね。異民族から買うよりも王国内で買う方が移動距離が少なくて済むので、こちらとしても助かります」

「そうでしたか、いやはや、世の中まだまだ知らないことは多いものだ」

マルクは感心したように言いました。

「では、早速サツマイモを運び入れましょう」

「ん？　こちらの葉っぱは何だ？」

マルクが芋の隣にある苗を指さして尋ねます。

「サツマイモは種ではなくつるから育てることが多いのですよ」

「なるほど、エリサ様も仰ってましたね。しかしこんなにたくさんどうしたものか」

頷きながらもマルクは大量の苗の処置に困った様子です。

ですが、量が多いといっても、この屋敷には広大な庭があります。

私には美しい庭を作る趣味はないので、いっそのこと自分の庭に植えるのもいいかもしれません。普通の貴族は庭に芋を植えることはしませんが、この家ではすでに庭の一角で芋や薬草が育てられているので大丈夫でしょう。それに自分で育てた芋なら好きに料理してもよさそうですし。

「ではこの苗はこちらに降ろしてください」

そう言って私は荷車を自室の前の庭に誘導しました。

マルクが部下に指示を出していき、次々と芋が降ろされていきます。

そうして瞬く間に庭に芋の山ができ上がったのでした。

その日の夕方、私たちがサツマイモを厨房に持っていくと、ほかの使用人たちは見たこともない食材に目を丸くしました。

「こんな芋、見たことがない」

「え、こんな紫色の芋が食べられるのですか?」

彼らの反応に苦笑しながら答えました。

「紫なのは皮だけですよ。これはサツマイモといって独特な甘味がある芋です。もしかしたら今後はこの領地の名産品になるかもしれません」

私が説明しても彼らは今一つぴんとこないようでした。

食べ物ですし、食べてみるのが一番わかりやすいですね。

「一度これを使って料理してみましょう」

「この芋はどう調理するのですか？　ジャガイモのようにスープに入れて煮込むのでしょうか？」

使用人たちを代表してマルクが私に尋ねます。

「スープに入れても悪くはないですが、今回はせっかくなので、できる限り素材の味がわかるようにしましょうか。まずはこのくらいに切って少し煮ましょう」

そう言って私は自らサツマイモを一口大に切り、大きさのお手本を見せます。

紫色の皮を切ると中から黄金色の芋が出てきて、皆さんは目を丸くして驚きました。

「え、皮はそのままでいいのですか!?」

「そうですね、今まで私が食べた時もずっと皮つきだったので気にしませんでした」

確かにレリクスのような身分の高い方に出す場合は、皮を剥いた方がいいのかもしれません。

少し火が通って柔らかくなると、今度はバターや砂糖と一緒に軽く炒めます。後はシナモンを少しふりかけておしまいです。

バターとサツマイモの甘いにおいが混じり合い、厨房にいた私たちは一気に食欲が刺激されました。

「あの、これをレリクス様にお出しする前に、我らが毒見をした方がよいのでは」

マルクが少しばつが悪そうに言います。

ちなみに、これまでマルクが直接厨房を仕切っていたため、あえて食事を出す前に毒見をしたことはありません。

さてはいいにおいに耐え切れず、食べたくなったのですね。

ほかの者たちも同じ気持ちだったのか、遠慮がちにうんうんと頷きます。

実は私も食べるのは久しぶりです。好物を目の前にしてお腹が鳴りそうだったので、ここは共犯になっておきましょう！

「いいですよ。皆さんもせっかくですし、お一つずついかがですか」

「やった！」

使用人たちは喜びの声を上げます。早速私たちは一つずつサツマイモを口に入れました。サツマイモ独特の甘味がバターとからまり、ほくほくとした食感とあいまって止まらなくなりそうです。

皆も一切れ食べ終えてすぐに次を食べたくなったのか、名残惜しそうに芋を見つめています。

「残りは料理が終わるまでだめですよ。もっと食べたければまずはお料理を頑張って、夕食の時に食べましょう」

「はーい」

私の言葉に皆は不承不承ではありますが頷きます。

こうして私たちは料理に戻りました。

その日の屋敷全員分の料理が終わると、私は余ったサツマイモで、バターシナモン炒めを少し多めに作ります。職権濫用かもしれませんが、マルクも何も言わなかったので良しとしましょう。

そしてそれをその日厨房にいた方々全員に出します。

皆目を輝かせてほおばりました。

「これはおいしい」

「エリサ様はほかにもいろいろな料理を知っているのですか？」

「そうですね。とはいえ、サツマイモはたまたまこの近くでとれるので作ることができました。他の料理では材料が用意できないものも多いのですが」

「それは残念です……」

使用人たちは少しだけ悲しそうな顔をしています。

私としても王都で普段食べていたもので、食材がなくて作れない料理が多くあって密かに欲求不満でした。

私の欲求だけで食材を取り寄せるのは良くないと思って我慢していましたが、皆に期待してもらえるなら、そのうちレリクスに訊いてみましょう。

これまではただ屋敷内での居場所がほしい一心で厨房に立っていましたが、今後はもう少し自分の欲求を前面に出してもいいかもしれない。

この日以降、私はそんな風に思い始めたのでした。

その翌日のこと。朝食作りを早めに終わらせた私たちは使用人の皆に声を掛けます。最近は料理に手馴れてきたこともあり、あまり凝ったものを求められない朝食や昼食は早めに作り終えることができるようになりました。

「皆さん、今日は少し頼みたいことがあるんです」

「珍しいですね。エリサ様が我々に頼みなど」

これまで私から彼らに何かを頼むことはあまりありませんでした。形式的には彼らはマルクの部下であり、私の部下ではないので。

とはいえ、今回ばかりはかなり人手が必要なことなので、彼らの手を借りるほかありません。

「実は、昨日商人から購入したサツマイモをうちの庭で栽培しようと思いまして。ただ、さすがに土仕事はしたことがないので、皆さんの力をお借りしたいのです」

かなりの重労働になるので、不満げな反応が返ってくるかとも思っていましたが――

「確かにあれは何回でも食べたくなる味だ」

「ぜひ栽培してほしい」

そんな声が口々に上がり、私はほっとしました。

「なるほど、それでしたら僕は畑仕事は得意です」

「あの芋のためなら手伝わせてください！」

すぐに何人かの者が名乗り出てくれました。

屋敷の人手が足りずに忙しい中、ありがたいことです。

「ではまず庭に行きましょう」

私は彼らを連れて庭に向かいました。

昨日買い取った芋のつるは私の庭に並べられています。

以前は庭は整えられていたようですが、今は荒れはて雑草だらけになっています。まずはこの雑草をどうにかしないと。

「まずは雑草を抜いて落ちている石をどかしましょうか」

そう言って最速、雑草を抜き始めました。

しかし雑草というのはただ引っ張るだけではきれいに抜けません。

私が苦戦しているのを見てひとりの男性がこちらへやってきます。

「エリサ様、雑草を抜く際は根本から掘り起こすといいですよ、ほらこんな風に」

彼はスコップを土に突っ込むと根っこごと土を掘り返します。

すると先ほどまで強固に地面に根を張っていた雑草があっさり抜けました。うまく抜けると爽快感があります。

「なるほど、すごいわね」

私が褒めると彼は照れくさそうに頭をかきます。

「いえ、それほどでもありませんよ」

「おかげで私も抜けるようになったわ」

しかし、そこへ焦った表情のマルクがやってきました。

「エリサ様、何をしているのですか！」

見ての通りですが、何か問題でしょうか。

「どうしたのですか？　私はただ庭に菜園を作っているだけですが」

「エリサ様ご自身で庭いじりなど……さすがにおやめください」

マルクの言葉に少しむっとしました。

「なぜ厨房が良くて庭いじりがだめなのですか？」

「そ、それは……」

マルクも言葉に詰まります。

おそらく具体的に理由を訊かれて言葉に詰まったのでしょう。

日頃親しくしているマルクが相手といえども、これぱかりは言わせてもらわなければ……

「もし私が公爵令嬢だからと気を遣っているというのであれば心配無用です。私は気にしていませんし、すでに実家からも追放同然の身です。伯爵夫人だからと気にされているのでしたら、まずは私を伯爵夫人並みに待遇していただけませんか？」

マルクは思い当たるところがあるのか、冷や汗をだらだらと流しています。

正直なところ、伯爵夫人としての待遇を受けるよりも今の暮らしを結構気にいっています。だから今の発言は伯爵夫人待遇にしてほしくて言ったというより、今の行動を認めてほしいという駆け引きの意味あいが強いのだけれど。

「わ、わかりました」

マルクはそう言ってうなだれて去っていきます。

その後ろ姿を見ると少し申し訳ない気持ちになりました。彼がいつもより強い調子で言ってきたので、少し強めに言い返しましたが、言い過ぎてしまったかもしれません。

とはいえ、夫人としての待遇を受けていない以上、好きなようにやらせてもらいますね。

不安そうな顔で今のやりとりを見ていた皆に、できるだけ明るく伝えます。

「きっとここでサツマイモが採れれば、マルクも喜んでくれるはずです。さあ皆さん、さっさと雑草を抜いてしまいましょう」

「は、はい」

こうして使用人の皆とともにひたすら雑草を抜いていきます。

皆の頑張りもあって、一時間ほどで荒れた庭はとりあえず片付きました。

「さて、ここからサツマイモを植えていきましょう。とりあえず間隔はこれくらいで。葉っぱだけ出るように植えれば育つと思うわ」

「わかりました」

植える作業は雑草を抜くよりも何かを作っている感覚が強くて熱中しましたわ。

何よりも今植えている苗が、数か月後には昨日食べたような芋に育つと思うと本当に楽しみ。

皆もそう思ったのでしょう、作業はみるみる進みました。

こうして、昼前には庭一面の芋畑が完成です。

雑然としていた庭が、芋の葉っぱが整然と並ぶ畑になったのは壮観でした。皆も達成感を感じてくれているようです。

「皆さんありがとうございます。これからも雑草抜きや手入れなどは必要になりますが、秋の収穫を待ちましょう」

「はい」

こうしてその日の農作業は満足な形で終わり、心地よい疲れとともに屋敷へと戻りました。

◇◇◇

「エリサ様。今日は屋敷にいる者の人数も少ないので、休まれては？」

ある日、執事のマルクがそんな提案をしてくれました。

確かにこのところ、お料理が楽しくなってずっと働き詰めだったかもしれません。間の時間も畑仕事で忙しかったので、自覚がなくても疲れは溜まっているのかも。

「厨房の方は大丈夫ですか？」

「大丈夫です。我らもいくつかメニューは覚えましたので」

マルクが自信ありげに答えました。

ある程度まとめて量を作れるものとなると、自然と料理の傾向が定まってきます。

そもそも私が来る前も何とか作ってはいた以上、大丈夫とは思いますが。

「では、ありがたくお言葉に甘えさせていただきますね」

「いえいえ、そもそもエリサ様は善意で手伝ってくださっているだけなので」

「そう言えばそうでしたね」

気を抜くと、結婚して嫁いできたのではなく、料理長としてやってきたのではないかと間違えてしまいそう。お料理は仕事ではなく無理矢理手伝っていただけなので、本来休みをもらうとかもらわないとか、そういうものではなかったはず。

逆に言えば、それくらいの気持ちでこの仕事に臨んでいるとも言えるかしら。

「ではゆっくりお過ごしください」

こうして今日は一日自由になりましたが、そこで休日が久しぶりだと気づきました。

何をしようかしら。王都にいた時の休日の過ごし方といえば……いろいろなお店に行ってはご飯を食べていました。

王都には各地の特産品が集まっているため、遠出しなくても王国中の食べ物を食べることができました。

高級ディナーを出すようなレストランはなくても、この土地ならではの特産品やおいしい物があるかもしれません。

急に楽しみになり、屋敷を出て供もつけず一人で街に繰り出しました。

きらびやかな建物が並ぶ王都と違い、こちらの街は質素な建物が多く、見た目は少し地味です。加えて最近は不作が相次いでいるからか、人の活気もあまりなさそうですね。開いていない店もちらほら見かけます。今年はたくさん作物がとれるといいのですが。

それでも大通りに向かうと行き交う人は多く、たくさんのお店が所狭しと並んでいました。また、出店街からは食欲をそそる、香ばしいにおいが漂ってきます。

高級レストランのお料理は当然ですが、こういう出店で出る香辛料を多めに使った少し濃い味の料理も結構好みです。

最初に目についたのは鶏の串焼き屋でした。

「いらっしゃいいらっしゃい、とれたてのマルム鶏を焼いてるよ〜」

店主のおじさんが陽気に通行人に呼びかけています。

マルム鶏というのはこの辺でとれる野生の鶏で、特に肉汁が多いのが特徴だそう。王都で食べたことはありますが、やはり地元で食べる方が鮮度が高くおいしいでしょう。

店頭に向かうと、そこにはたくさんの串焼きが並んでいます。肉だけのものも何種類かありますが、野菜と交互に刺されたもの、さらに牛串や豚串もありました。どれもおいしそうで目移りしてしまいます。とはいえ、せっかくならマルム鶏を食べてみたい。

「すみません、マルム鶏の串を二本ください」

「いらっしゃい。おや、なかなかの別嬪さんだね」

店主は私を見て驚いたようです。彼はただ私の容姿について驚いただけで、私が貴族だとは気づいていないみたい。

そしてそれを聞いて、特に変装などもせず、動きやすいワンピースのまま出てきてしまった、ということに気づきました。

最近は厨房や畑での仕事ばかりしていたので、普段着も汚れてもいい古びた安物のドレスばかり着ていました。今の私はちょっと裕福な平民にしか見えないので素性がわかることはないでしょう。

「じゃあ、一本おまけしちゃおうかな」

「ありがとうございます」

容姿を褒められて悪い気はしません。

ありがたく一本多めに串を受け取り、一きれ口に入れました。

熱々の肉はピリ辛いタレがかかっていて、口に入れた瞬間味が広がります。肉に歯を立てると、途端に肉汁が口の中にあふれ出しました。

「すごい……」

思わず私は声に出してしまいます。

串に刺さっている肉は小さいのに、ぎゅーっとかみつぶすと後から後から肉汁があふれ出します。

私がよほどおいしそうに食べていたからでしょう、店主もこちらを満足そうに眺めています。

「どうだい、マルム鶏は絶品だろう」

「はい、素晴らしいです。きっと王都の高級レストランの鶏料理にも勝るでしょう」

おまけしてもらったこともあり、私はついオーバーに言ってしまいます。本来料理というのは比較して優劣をつけるものではありませんが。

するとは店主は気をよくしたのか、ははは、と笑いました。

「あなたはなかなかいい舌を持っている。実は前に王都からロンドバルド家にきた人の使用人がやってきて、うちの鶏を食べていったことがあるんだ」

「そんなことがあったのですか」

嫁いできてすぐに帰っていったという花嫁の使用人ですね。

「しかし『下品な味』だの『香辛料を使いすぎ。こんなので喜ぶのは庶民だけ』とか好き放題言いやがったんだ。うまいものを食ってうまいと思えなくなるんなら、いくら舌が肥えても意味がないと思わないか？」

彼はその時のことを思い出したのか、強い調子で言います。

確かに王都で高級な料理は薄味が多いので、そういう反応をされるのもわからなくはありません。

店主の言葉を聞いて、私の中にふといたずら心が芽生えました。

彼はこんな風に言っていますが、もし私が正体を明かしたらどんな反応をするのでしょうか。本当は身分を明かすのはあまり良くない（それを言い出したらそもそも一人で出歩くなという話ですが）かもしれませんが。

「……実は私も王都から来たんですよ」

「え⁉　ということは新しい奥方様にお仕えしている方ですか⁉」

急に店主の表情が変わり、口調も変わりました。こちらに来てから数週間が経ったので、私が来たことも街の人々の間に広まっているようです。

もっとも、私に仕えていた使用人は一人もこの地に来ていないのですけれど。そう誤解されたならそれでいいわ。さすがに本人が一人でうろうろしているのはまずいものね。

「ええ、そうです。でも、それはきっと前の方の舌に合わなかっただけでしょう。このお肉はとてもおいしいですよ。奥方様もきっとお気に召されます」

「おお、また新しい奥方様がいらしたと聞いたときは嫌な予感がしたものだが、うちの鶏の味がわかるとは、きっといい人に違いない。伯爵様もようやくまともそうな相手に巡り合えてよかった」

「そ、そうですね」

舌だけで性格を判断するのはどうかと思いますが……

それでも、間接的にとはいえ、褒められて悪い気はしません。私も何となく楽しい気持ちになって次の店に向かいました。

その後私がいくつかの屋台を巡ったところで日が高く昇り、昼食の時間。

散々屋台で買い食いしておいて今更ですが、きちんと昼食を取るのはまた別物です。せっかくなので、私は近くにあったいかにも老舗《しにせ》といった感じのレストランに入りました。

値段設定が高いからか混んではおらず、店内では身なりのいい人たちが静かに食事を楽しんでいます。店の内装も派手ではないですが、お金をかけていそうです。

見た限り、ワイルドボアというこの辺りに生息する動物の肉を扱っているようです。

肉ばかり食べているような気もしますが、普段は質素な食事が多いので今日くらいはいいでしょう。

「初のご来店ですか？」

中へ進むと、店員の一人が声を掛けてきました。

「はい、そうです、王都から来ました。もしや紹介がないと入れないのでしょうか？」

実は王都ではそういうお店は珍しくありませんでした。むしろ高級なお店だとそちらの方が主流と言っても過言ではありません。

私の言葉を聞いて彼は一瞬眉をぴくりと動かしましたが、すぐに真顔に戻ります。

「いえ、そういう訳ではありません。どうぞこちらへ」

それを聞いて安心しました。

彼は私を一人用の席に案内し、メニューを見せてくれます。そこにはワイルドボアのステーキを中心としたメニューがたくさん並んでいました。絵を見ているだけでお腹が空いてきますが、その中でふと目に留まったものがあります。

「こちらの期間限定キングワイルドボアのステーキをください」

どうもキングワイルドボアは希少種で脂が乗っており、時々しか入荷しない高級食材のようです。たまたまこのタイミングで食べにこられたのは嬉しい限り。

しかし、店員は私の注文を聞いてなぜか微妙な顔をして訊き返します。

「申し訳ありませんがお客様、王都から来られたのにワイルドボアの味をご存じなのですか？」

少しむっとしました。確かにワイルドボアはこの地でしかとれませんが、王都でも何度か肉を食べたことはあります。

何より、食べたことがないだろうと決めつける言い方をされてこちらも意地になってしまいました。

「もちろんです」

「……わかりました」

店員は不承不承といった様子で頷きました。

しばらくして、彼は熱した石のプレートに載せた大きめのステーキを持ってきます。じゅうじゅうと焼ける音、そしておいしそうなにおいは遠くからでも十分届きます。

私のお腹は一気に空腹に戻りました。

「こちら、キングワイルドボアのステーキでございます」

そう言って彼は私の前にステーキを置きました。

「いただきます」

早速ナイフを入れると、中から肉汁があふれ出します。ワイルドボアは豚肉と味が似ていますが、どちらかというと硬くて筋が多いイメージがあります。

しかしこの店の処理が良いのか、肉はとても柔らかく、すっと切れました。私は早速一口大に切った肉を口に入れます。熱々の肉を噛みしめると、口の中で溶けていくよう。

「おいしい～！」

さすがキングワイルドボアだけあって普通のワイルドボアよりも柔らかく、脂が多く感じられます。味付けも肉の味を邪魔しないぐらいの塩と香辛料のみでした。

けれども、そこで私はふと違和感を覚えます。

食べるのは初めてだけど、これが本当にキングワイルドボアの肉かしら。

違和感が何かはわからず、次のひときれを口に入れました。

今まで王都で食べたワイルドボアの肉よりも処理がうまいせいか、食べていておいしいのは確かです。

しかし、どうにも脂の乗り方に違和感がありました。言葉で説明するのは難しいのですが、前に王都で食べた霜降り肉のステーキとどこか脂の乗り方が違うのです。

もちろん物が違うので違うのそれは当然なのですが、どこかわざとらしいというか、主張が強いというか……うまく言葉にできません。

そしてなぜか傍らに立つ店員は私の食べる様子をじっと眺めています。彼はなぜ料理を出し終えたのにこの場から立ち去らないのでしょうか。

そこで私はぴんと来ました。

「もしかしてこれは……キングワイルドボアではありませんね？」

傍らに立っていた店員の表情が変わりました。

これは当たりでしょうか。

彼は少しくぐもった声で私に尋ねます。

「なぜそう思うんです？　あなたはキングワイルドボアを食べたことがないのですよね？」

「うまく説明できませんが、脂の乗り方がおかしい気がします。これは予想ですが、普通のワイルドボアの肉に脂を足したものではないでしょうか？」

私の言葉に店員は愕然とします。そして静かにその場にくずおれました。

「なぜだ……王都から来たよそ者に、この違いがわかるなんて……」

「何やってるんだ！」

と、そこへ厨房の中から一人の料理人が肩を怒らせてこちらへやってくるのが見えます。それを見て店員は顔色を変えました。

そんな店員に料理人は怒鳴るように言います。

「何をやってるんだ、お前は！」

「ひぃ、ロマノフさん、すみません！」

「ここそ何かをしていると思ったら、そんなことをやったのか⁉」

やってきたのはほかの店員よりも少しだけ立派なコック服を着た年配の男性です。

あまりの剣幕に周囲にいた客たちでさえこちらを振りむきました。

怒られた店員は目に涙をにじませ、ひたすら頭を下げています。

「お客様に何てことをするんだ⁉　お前のしたことで、この店はキングワイルドボアと普通のワイルドボアの区別もつかない、という評判が立つかもしれないんだぞ⁉　一体何でこんな馬鹿なことをした⁉」

「すみません、前に王都から来た人たちにキングワイルドボアを食べさせたところ、『キングなどといってもこの程度か』と言われたのが許せなくて……。そんなに脂っこいものが食べたいなら、いっそ普通のワイルドボアでいいだろう、と思ってしまって」

彼は涙ながらに弁解します。

しかしロマノフと呼ばれた男の表情はそれを聞いてますます険しくなっていきました。

「それはお前の料理が未熟だったからだ！　大体、そいつらとこの方は関係ないではないか！」

「ほ、本当に申し訳ありません」

彼は涙目で料理長に謝っています。

その様子を見ると彼に騙されかけたのに、少し同情してしまいました。それに、レリクスや先ほどの屋台の店主の態度を見る限り、前に王都から来た人々はこの街のあらゆる場所で相当無礼な態度をとっていたのでしょう。

彼のしたことは悪いことだと思いつつも、私はついフォローに回ってしまいました。

「まあまあ、それくらいにしておきませんか。彼の料理の腕もなかなかでした。普通のワイルドボアより格段においしかったのは確かですし」

ロマノフさんは急に我に返ったのか、少し恥ずかしそうな顔をします。

「こほん、すみません、このような粗相があった上に、お客様の前で取り乱してしまいまして。ほかのお客様にもみっともないところをお見せして申し訳ありません」

彼は改めて私だけでなく、ほかのお客さんにも頭を下げました。

何事かとこちらをうかがっていた他のお客さんたちは自分の料理に視線を戻します。

「申し遅れました、ここの料理長のロマノフと申します。料理の腕というのは、あくまでお客様においしい料理を提供するための手段であり、いくら手段が上達してもおいしくいただいてもらうという目的を取り違えてはいけないのです」

そう言われてしまうと何も反論できません。

怒られた料理人もひたすらうなだれています。

それを見て、ロマノフは笑顔を浮かべて私に向き直りました。

「とはいえ、お詫びに今度は私自らが調理させていただきます。後日都合のいい日があればぜひ……」

「いえ、今日で大丈夫ですよ」

「え？」

ロマノフが私のお皿を見て驚きます。

何だかんだ言いつつ、先ほどのワイルドボアの肉をほぼ食べていました。

注文したのは一人前、しかもかなりこってりしたメニューだったのでさらに食べるのかと驚いたのでしょう。

「ですが、せっかくなので空腹の状態で召し上がっていただく方が……」

「大丈夫です。私、おいしいものであればいくらでも食べられますので」

「そうですか。でしたら今すぐご用意させていただきますが」

「はい、お願いします」

こうして料理長のロマノフは急ぎ厨房に戻っていきました。

後に残された店員は気まずそうに私に頭を下げます。

「本当に申し訳ありませんでした」

「いえ、ちゃんと本物が食べられるなら、それで構いません」

その店員は私の顔をじっと見つめ、再び深く頭を下げると厨房に戻りました。

それからメニューを見つつ待っていると、少しして、厨房からロマノフが戻ってきました。

「お待たせいたしました。こちらが正真正銘のキングワイルドボアのステーキでございます」

「わあ！」

持ってこられた石のプレートを見て私は思わず声を上げました。

見た目はそんなに変わりませんが、ほんの少しだけ赤身がさしています。

ナイフを入れると、それだけでジュッ、という音とともに肉汁があふれ出してきました。

先ほど食べたステーキと似ているのですが、口の中に入れると、少しだけ柔らかく、そして脂が大量に乗っているはずなのになぜか脂っこくないのです。そのため、先ほどステーキを一つ食べたばかりなのに、全く胸やけすることもなく食べ進められます。

気が付くと、私の皿は空っぽになっていました。

「いかがでしたか？」

「すごいです、脂っこいはずなのに、こんなにさっぱりとした味わいだなんて」

私が答えるとロマノフは満足そうに笑います。

「そう言っていただけて光栄です。ただのワイルドボアとキングワイルドボアは全然違う。ですからそれを偽装して出すなど許されないことなのです」

「はい、それはわかりました。ですが、私はこうして本物を食べることができたので、この件であまり彼を怒らないであげてください」

こうして私は満腹になって店を出たのでした。

満足感と同時に、レストランの騒動を思うと私がレリクスやこの街の人々に受け入れられるには、まだまだ時間がかかるとも感じました。

元々は昼食後もおいしい食べ物屋を物色する予定だったのですが、思いがけずステーキを二枚も食べてしまい、さすがにお腹いっぱいです。

おいしそうなお店が並ぶ大通りを出て、街を散策します。大通りはお店が立ち並ぶ繁華街になっており、さらに中心部に進むとギルドや役場などの大きな施設が続きます。大きな建物を見るとギルドも役場もどうしても王都には見劣りするので、私は自然と中心部を離れていきました。

中心部を離れると、今度は街の人が生活品を買うための小ぢんまりとした商店街があり、その周囲には民家が並んでいます。こちらにも街の人が時々食べにくるようなお店はちらほら見かけました。酒場や定食屋に近い感じです。

実家にいたときはあまり庶民的なお店に出入りしていると怒られましたが、実はこういう店にも行ってみたかったのです。

こちらでは何をしてもお咎めはなさそうなので、また別の日に来てみてもいいかもしれません。

今日はさすがに満腹ですが、次に来た日にどの店に入ろうかなどと思いながらぶらぶらします。

そんな風に街を散策していると、ふと一人の若い娘が空っぽの籠を背負ってうろうろしているのが見えました。

何かあったのでしょうか。困っている様子だったので私はとりあえず声をかけました。

「あの、どうかしましたか？」

「実は少し離れた村から薬草を売りに来たのですが、道に迷ってしまいまして」

彼女は困ったように答えます。

彼女はおそらく私より二つか三つ年下でしょう。自分でお金を稼いでいるというのは立派なことですね。

「わかりました。私もこの街にはあまり詳しくないですが、大通りまで出れば大丈夫ですよね？そこまで一緒に行きましょう」

「はい、ありがとうございます！」

私の言葉に彼女はぱあっと表情を輝かせました。

この街を歩いたことはほぼありませんが、大通りは先ほどまでいたところなのでそこまで戻ることは簡単でしょう……と思っていたのですが。

「本当にごめんなさい！」

三十分ほど経った後、私は娘に頭を下げていました。

周辺に広がるのは見知らぬ風景。住宅街は道が込み入っている上に景色の変化が乏しく、どちらの方向に歩いているのかよくわかりません。

「い、いえ、私も元々迷っていたのでお気になさらず」

むしろ私がフォローされる側になっており、申し訳ない限りです。

「エリサさんはこの街に住んではいないのですか？」

気まずい空気を何とかしようと思ったのか、娘が話しかけてくれます。

ちなみに名乗っても私の名前は知らないようでした。珍しい名前ではなく、少女は街の外から来たので知らなかったのでしょう。

「そうですね、実は王都から来てこちらに滞在しています」

「まあ、王都から!?」

娘は目を丸くしました。この街から王都に行くことがあっても、こちらに来るのは一部の商人ぐらいです。

「私なんてこの街ですら迷ってしまうのに、王都なんて行ったら目が回ってしまいそうです」

「そうかもしれないですね」

まあ、私も迷っているので全然笑えませんが。

それから私は彼女に王都の話をしながら街を歩きますが、一向に元の道は見つかりません。

やがて空も暗くなってきていて、このままずっと迷子になっている訳にも……。少し恥ずかしいですが、私は提案します。

「あの、やはり街の人に道を尋ねてみますね」

「は、はい」

おそらく彼女は私に気を遣って、ほかの人には道を尋ねようとは言わないでおいてくれたのでしょう。ここまで遅くなってしまった以上、もう気にしている場合ではありません。

幸い、道行く人に大通りを尋ねるとすぐに案内してくれました。

こうして日が暮れる直前にようやく戻ってきました。

すると一人の女性がこちらに駆け寄ってきました。

「レン、良かった、無事だったのね！」

「あ、お母さん！　無事薬草は全部売れたよ！　ちょっと迷ったけど、こちらのエリサさんという方が案内してくれたの。王都から来た方みたいで、いろいろ話を聞かせてもらったんだ！」

彼女が嬉しそうに母親に話すので私は少し安堵しました。

話を聞き終えた母親は丁寧に頭を下げます。

「娘を案内してくれてありがとう」

「改めてありがとうございます」

「いえいえ、とんでもありません」

改めて母娘から頭を下げられて恐縮してしまいます。しかもレンと呼ばれた彼女は母親に私が道に迷ったことを隠しながら話してくれているので、むしろこちらが礼を言わなければならないような……

去り際、母親が「王都から来たエリサさん？」と首をかしげていました。

もしかすると彼女は伯爵夫人がエリサという名前であると知っていたのでしょうか。だとしたら辺境伯夫人なのにこんなところを一人で歩いている変な人だと思われたかもしれません。

とはいえ、何だかんだ終わってみれば楽しい一日だったので良しとしましょう。

レリクスの過去

エリサが辺境生活をだんだんと楽しみ始めた一方、レリクスは悩んでいた。

最初はこれまでと同じ王都の貴族令嬢と思っていたエリサが少しずつ気になり出したのだ。

とある晩のことである。

何となく寝付けなかったレリクスは水でも飲もうと、寝室を出て厨房に向かった。

廊下を歩いている途中、エリサの部屋からかすかに声が聞こえてきた。彼女は夕食後、すぐに一人部屋に下がったはず。不審に思った彼は足音を殺して部屋の扉に近付く。

レリクスは彼女が嫁いでくる直前に聞いた噂を思い出していた。エリサは男好きが高じてケビン王子から苦情が入り、婚約者の地位を外されたとか。

もし噂通りにエリサが自室に男を連れ込んでいるのであれば、それを理由にさっさと離縁してしまおう。彼女が音を上げるのを待つといつになるかわからないので、時間の無駄も省ける。

とはいえ、マルクの話を聞いて彼女だけはこれまでの女とは違う、という淡い期待を抱いていたからこそ、その可能性を想像して少し胸が苦しくなった。

いやいや、そんな期待を抱くと裏切られた時に余計に苦しくなるだけだ。王都から来る女など皆ろくでもない、何度もそれを思い知らされてきたではないか——気を引き締めたレリクスがエリサの部屋にさらに忍び寄る。

すると部屋の中から何か話し声のようなものが聞こえてきた。一瞬男かとも思ったが、話し相手は少女のような声だ。

何だろうと思いつつも中の声に耳を澄ませると、「雨を降らせてほしい」というエリサの声が聞こえてくる。

雨を降らせる？　そんなことができるのは水の精霊ぐらいだろう。

レリクスは首をかしげた。人間にそんなことができるはずがない。かと言って精霊が人間の前に姿を現すなど聞いたこともない。

エリサが変なオカルトに傾倒したのか、もしくは幻覚でも見ているのかと思ってしまったぐらいだ。

中に入って問い詰めようか、と思った直後、不意にこうこうと輝いていた月が黒い雲により遮られ、周囲が少し暗くなる。

これはもしや……⁉

次の瞬間、突然どこからともなく黒雲が集まってきて月の光を覆い隠し、轟音とともに大粒の雨が降り始めた。

もしや今のはエリサがやったのか？

だとすれば一体どのような方法で降らせたのだろうか？　ただの貴族令嬢だと思っていたが、彼女にはそんな力があったのか？　それとも雨を降らせるような存在と知り合いなのだろうか？

直接エリサに尋ねることもできず、レリクスは水を飲むのも忘れて寝室に戻った。

雨が降ったのは嬉しかったが、眠気はいっこうに訪れなかった。


また、それから数日後の夕食時のことである。

レリクスは小鉢に知らない食べ物が盛りつけられているのに気づいた。

「これは何だ？」

小鉢に盛りつけられたサツマイモを指さす。

するとこの日も一緒に食事をしていたマルクが答える。

「これはサツマイモという作物で、エリサ様の勧めで買ったものでございます」

「サツマイモか。異国の作物と聞くが、贅沢品ではないだろうな？」

最近マルクはエリサと親しくしているようだが、それにつられて贅沢なものを買っているようであれば見過ごすことはできない。

「いえ、他の芋と変わらず値段は大したものではございません。それに乾燥に強く、この地でも作れるものだとか」

「何だと？」

「はい、出入りの商人がそう申しておりました」

何となく異国のものだという先入観があった上、幼いころから武術の訓練や辺境伯としての仕事ばかりさせられていたレリクスは知識に偏りがあった。

だからサツマイモがこの地で作ることができる作物だとは知らなかった。

折しも、日照りが長く続き、領地が凶作の危機に瀕している。畑から小麦の割合を減らし、乾燥に強い作物を増やせば被害は減らせるだろうと思っていたところだ。

「誰か作物に詳しい者を呼んで、サツマイモの栽培について調査せよ」

そう言ってレリクスはサツマイモの炒め物を口に入れる。

すると口の中に芋とは思えないほどの甘味が広がった。

「これもエリサが作ったのか？」

「はい、そうです」

レリクスはサツマイモを噛みしめ、少し口元を綻ばせる。

レリクスの中で着々とエリサへの評価は変わりつつあった。彼女はレリクスが思う王都の箱入り娘などではないのではないかと。

極めつきはその翌日である。

何とエリサは使用人たちと一緒に庭に芋畑を作っているらしいではないか。レリクスは最初耳を疑ったが、確かに庭を見るとエリサは使用人たちとともに和気あいあいと庭仕事をしている。あまりに気になったレリクスは思わず遠目にエリサを観察した。

彼女はただ指示を出すだけでなく、自ら手足を汚しながら、使用人たちと一緒に庭で作業をしている。そして時にはほかの者にわからないことを訊いているようだ。彼女とともに庭仕事をしている使用人たちも皆笑顔が絶えず、楽しそうであった。

庭仕事をしているエリサは華美な装いもせず、手足に泥がついているのに、なぜかとてもきれいに見えた。

彼女の自然な笑顔はこれまでやってきた貴族令嬢のような作り物ではなく、思わず見惚れてしまう素朴な美しさがあった。

この様子だけを見れば、彼女が王都から来たとは誰も思わないだろう。

これまでの相手が悪かったからといって、彼女には不必要に辛く当たってしまったな、とレリクスは反省した。

その後試しに使用人に話を聞いてみると、エリサは皆に分け隔てなく接し、一緒に作業していたとのことだった。そして誰もがエリサについて話す時はいきいきとしていた。

その日の午後、サツマイモに詳しいという者がレリクスの元に現れた。詳しく話を聞いてみると、サツマイモはこの辺りの栽培に向いており、痩せた土地で日照りが続いても収穫できる可能性が高いという。

まさに今この領地で求められている作物ではないか。

エリサは魅力的なだけでなく、この領地に必要な知識を持っている。

一か月で追い出すはずが、かえって自分が彼女の魅力に気づいてしまうとは。レリクスは苦笑いしてため息をついたがすぐに真顔になった。

自分はそんな彼女をかなり粗略に扱ってしまっている。

確かに王都では男好きという噂が立っていたらしいが、王都での評判があてにならないということは自分が一番よく知っている。

いっそのこと、これまでの非礼をきちんと詫びて、改めて求婚しようか。

書類上は夫婦である二人だが、実態はそうではないし、お互いの心も離れている。きちんと関係を改善するなら、レリクスの方から正式にプロポーズをすべきだろう。

しかし次の瞬間、ずきりとレリクスの胸が痛む。

もし改めてプロポーズをして、彼女がその後帰ってしまったら……

エリサとはうまくやっていける、と期待するたび、もしくはうまくやっていこうと、と決心するたび、彼は昔のことを思い出していた。

もう何年前のことだろうか。十年以上は経っているが、レリクスはまるで昨日のことのように鮮明に思い出すことができる。

当時まだレリクスの父が存命であり、レリクスは辺境伯ではなく跡継ぎに過ぎなかった。

そんなとき、王都で力を持つランゲル公爵家という家から縁談があった。

父によるとランゲル公爵は中央政界で力を伸ばしているため、辺境で軍事力を持つロンドバルド家と結び、地位を盤石にしようとしているとのことだった。

「相手は公爵令嬢だ。くれぐれも粗相のないように。だが、領地の広さや軍事力では我らの方が勝っている。だから卑屈になることもない」

婚姻前夜、父はそんな難しいアドバイスを授けた。

レリクスはずっと田舎で育ったため、王都のきらきらした雰囲気には憧れを持っていた。しかも相手は今をときめく公爵家の令嬢である。

「はい、わかりました！」

ここはうまく彼女の心を掴んで、後継者にふさわしいと父上にアピールしよう、と彼は決意した。

翌朝、ロンドバルド家の屋敷に、まるで絵本の中から出てきたような花嫁行列がやってきた。

そのころはまだレリクスは若く、偏屈という評判もなかった。ランゲル公爵は厄介払いではなく本気で家同士の仲を深めるために娘を送ってきたのだ。

百人を超える行列、美しく装飾された馬車、そして護衛の兵士に至るまで小綺麗な装いに身を包んでいる。

そして真新しい馬車から出てきたのは、人形のようにきれいな金髪碧眼の娘だった。彼女は小さくお辞儀をすると透き通るような声で挨拶する。

「クララ・ランゲルと申しますわ。よろしくお願いいたします」

「レリクス・ロンドバルドだ。こちらこそよろしく頼む」

彼女の美貌に緊張しながらレリクスは挨拶する。

今までこれほど美しい女性は見たことがなかった。ロンドバルド家の令嬢は質素な暮らしをしていたし、母も昔は豪奢《ごうしゃ》なドレスを好んでいたが、歳とともにつつましやかな装いに変わっていたためだ。

その後、屋敷では盛大な式が開かれた。式にはランゲル公も出席するため、当然父は本腰を入れて準備した。王都から料理人や仕立て屋を呼び、これまで開かれたことがないほどの豪奢《ごうしゃ》なパーティーだった。

後でレリクスが聞いた話によると、ロンドバルド家のその年の収入のうち、家臣や兵士への給料を除いたほとんどの金額がこの式につぎ込まれ、商人から借金もしたという。

無理をしたこともあり、パーティーは無事成功した。

そしてその翌朝、ランゲル公も満足して都に帰っていった。

だが、問題はその後に起きた。

パーティーが終わった後、レリクスは自分が用意させた部屋に彼女を案内する。

それを見たクララは顔をしかめた。

「私の部屋はずいぶんと質素ですのね？」

「え」

レリクスは硬直する。彼が用意させた部屋は母親、つまり伯爵夫人よりも立派な部屋であったのだ。しかし華美な暮らしに慣れたクララからすると貧相なものに感じたようだ。

「しかも私の侍女には部屋はないの？」

「じ、侍女の部屋はこちらに」

レリクスが案内すると彼女は信じられない、という顔をする。

「え、一部屋ということは相部屋になるのかしら？」

「あ、ああ」

そもそもレリクス自身にも専属の執事は一人しかいない。ほかは家に仕える家臣や、専属ではなく屋敷や家のことをこなす使用人ばかりである。それなのにクララが三人も侍女を連れてきたこと自体が彼にとって驚きであった。

クララは冷淡な顔でレリクスを見つめる。

「私は侍女たちをとても大事にしているの。それなのに一部屋に住まわせるなんてありえないわ。今すぐ部屋を空けていただけます？」

「わ、わかった」

幸い屋敷は広いので部屋はたくさんある。どうにか部屋を用意したが、ぼろぼろの内装を見たクララはむすっとするばかりだった。侍女たちですら無言ながらレリクスに非難がましい視線を向けてきた。

実はクララは性格に難があり、家族もわかっていなかったのだが、当時のレリクスはそれを知る由もなかった。

元よりロンドバルド辺境伯家とランゲル公爵家では財政の余裕に根本的な差があった。

結婚式は一度きりなのでその差を埋めることができたが、継続的な結婚生活を送るとなると、その差が徐々に明らかになっていった。

さらに翌日の夕食時のことである。

「ねえレリクス、私キャビアが食べたいわ」

食卓を囲んでいると、突然クララがそんなことを言い出した。

レリクスは少しおどおどしながら答える。

「キャビア？　申し訳ないが、我が領は海から遠いから手に入らないんだ」

「知っているわ。だったら王都から取り寄せればいいでしょ？」

クララは何を当然なことを、とばかりに言う。

とはいえ、キャビアのような保存の効かないものを長距離運ぶのは大変だし、元々高級なものが運搬費でさらに高くなってしまう。

「わ、わかった。ちょっと訊いてくる」

すぐにレリクスは父に確認したが、財政的に無理だ、と一蹴されてしまった。正確に言えば、キャビアを一回取り寄せること自体はできるが日常的にそんな贅沢をしている余裕はないのだろう。

「父上に訊いたが、やはり無理だった」

「は？　貴族の息子なのに、食べ物一つ取り寄せられないの？」

クララは信じられない、という表情をした。

レリクスは泣きたくなったが、ロンドバルド家の財政事情を説明することしかできない。

しかし、それを聞いてクララはため息をついた。そしてあえて周囲に聞こえるように大声で言う。

「あーあ、まさかこんな甲斐性なしとは思わなかったわ」

そう言われても当時のレリクスはただただ申し訳なさそうにすることしかできなかった。

そして決定的な出来事が起こったのはその夜のことだ。

昨夜はクララが長旅を終えてすぐだった上、結婚式と披露宴で疲れていたため、初夜はなかった。

そのため今日の夜が初夜になった訳だが、クララはレリクスの部屋に入ってくるなりげんなりした。

「何、この部屋。あなたは仮にも跡継ぎなのに、こんなみすぼらしい部屋を与えられているの？」

クララは自分の部屋にも文句を言ったが、それでもレリクスが一生懸命に用意させた部屋であった。

それに比べ、レリクスの部屋は家の財政事情に余裕がなく、彼自身もこだわりがなかったため質素なままであった。要するにクララが不満を抱いていた彼女の部屋よりもみすぼらしいのである。

「……」

何も言えないでいるレリクスに向かって、クララは大げさにため息をつく。

「こんなムードも何もない部屋でなんて嫌だわ。帰る」

「そ、そんな……」

呆然とするレリクスを置いてクララは自室に戻っていった。

そしてクララはその翌日には正式に離縁すると言い出し、その後両家を巻き込んだごたごたがあった挙句、ランゲル公爵家に帰っていったのであった。

その後にやってきた令嬢たちも口に出しては言わないものの、大体クララと同じで、理由をつけては帰っていった。

そのため今でも「帰る」と言った時のクララの表情がレリクスの脳裏にこびりついて離れない。

無意識のうちにどうせエリサもいつかそう言いだすのではないかと疑ってしまい、レリクスはエリサに対して声をかけることができないでいた。

　そんなある日のことである。自室で政務をしているレリクスの元にやってきた家臣が、用件が終わるとついでのように言った。

「そう言えばレリクス様、最近エリサ様のことが街で話題になっていますよ」

「何？　エリサが？」

　レリクスは首をかしげる。

　ちなみに彼はまだエリサを妻であると認めておらず、彼に向かってエリサを「奥方様」と呼ぶと難しい顔をするため、家臣たちは気を遣って「エリサ様」と呼んでいた。

　レリクスは自分がエリサに対して悪い扱いをしているという自覚があったため、その後ろめたさもあって彼女に監視をつけたり行動を制限したりすることは一切していなかった。

　もっとも、彼女にされて困ることも特にないのだが。

　そのため、彼女が街へ出歩いているとは知らなかった。王都から来たお嬢様がこんな田舎町を歩き回っても楽しいことなどないだろうし、てっきりずっと屋敷にいるものと思っていた。

「はい、何でもこれまでの方とは違って気立てのいい侍女を連れてきているとか」

　これまでの結婚相手が連れてきた侍女や執事は皆王都の華美な暮らしに慣れており、この街での暮らしや出てくるものに不満を隠そうとしなかったため、各方面から顰蹙《ひんしゅく》を買っていた。

だからそのギャップで彼女は評判がいいのだろう。

が、家臣の言葉を聞いてレリクスは疑問を抱く。

「エリサは侍女なんて連れてきていないはずだが」

「そうですよね」

家臣も不審な顔をしつつ頷く。

「もしや何者かがエリサの侍女を騙《かた》っているということか⁉　一体その者はどのようなことをしていたんだ」

もしかしたら中央の貴族がスパイか何かを送り込んできたのかもしれない。関係が良好でないこともあって警戒してしまう。

「いえ、それが屋台で食べ歩きをしたり、レストランで稀少食材に舌鼓を打ったり、迷子の女性を案内したりと。とはいえ、その人柄に街の人々も皆好意を抱いているようでございます」

「はあ？」

レリクスは話を聞いて困惑した。もしスパイか何かなら、そんな悪目立ちする行動はしないだろう。ではエリサの侍女を騙《かた》り街の人に好かれている人物とは一体誰なのだろうか？

すると家臣は少し遠慮しながら言う。

「これはあくまで街の者の話を聞いた私の推測なのですが、その人物はエリサ様ご本人なのではないかと……」

「そんなことがあるか？」

家臣から聞いた行動はとても公爵令嬢の行動とは思えないものばかりだ。王都の華やかな街並みに慣れたご令嬢がこの街で出歩いて楽しいのだろうか。

「そもそもエリサはそんなに頻繁に外出しているのか」

「厨房に入られない日はちょくちょく城下に遊びに出ていらっしゃるようです」

「そうだったのか」

確かにその人物はエリサではないだろうか。話に聞いた行動は公爵令嬢らしからぬものばかりだったが、思えばこの屋敷でも料理や畑仕事など普通の令嬢らしからぬことばかりしていた。

彼はため息をついた。自分が夫婦の問題に向き合わずにいる間にも、エリサは着々とこの地に馴染んできているのかもしれない。

だとすれば過去に囚われて対話を拒否しているレリクスよりも、慣れない地に懸命に馴染もうとしているエリサの方がはるかに前向きなのではないか。

「街の人々も今度ばかりは伯爵様もいいお方と巡り会えたのではないかと申しております。僭越ながらもう少しエリサ様と打ち解けてみては？」

「確かにそうだな。だが、エリサは私をどう思っているのだろうか？」

レリクスからすればそちらに不安があった。今のところ自分がエリサに好かれるようなことは全くしていない。エリサがこの地に馴染んでいても、自分のことは好いていない可能性は十分にある。

もしここで彼女に拒絶されてしまったら。暗い想像がレリクスの脳裏をよぎった。

だが、そんなことを目の前の家臣に訊いても仕方ない。

「よし、今日の夕食はエリサと一緒に食べよう。すまぬがマルクを呼んできてもらえないか？」

「はい、わかりました」

レリクスの前向きな言葉に、家臣は少しだけ嬉しそうに頷いた。

シシリーの怒り

「こんなこと許せないわ！」

ケビン殿下との顔合わせ後、シシリーは帰宅するなり激怒した。

紅茶を一息に飲むと、ティーカップをテーブルに叩きつけるように置く。

がしゃん、と音がしてテーブルが揺れた。

「あら、何かあったの？」

そんなシシリーに何も知らない母が呑気に問いかける。

シシリーは苛立った口調で叫んだ。

「どうもこうもないわ！　あのナルシスト王子、自分のことしか興味ないのだもの！」

母はシシリーの態度に顔をしかめる。

「シシリー！　婚約者でしかも次期国王でもある殿下のことをそんな風に悪く言うものではありません！」

「母上は何も知らないのですか⁉　ケビン殿下は自分のことしか興味のないナルシストよ！　今日も私と会っているのに自分語りしかしなかったわ！」

そんなシシリーの暴言に母はため息をついた。

ケビン殿下のナルシストな性格は王族や婚約者の前でしか出さず、エリサも家族には漏らさなかったため、それ以外の者は全く知らなかった。母もシシリーの言うことが信じられず、些細な不満に過剰に腹を立てていると思ってしまう。

「何を言っているの？　殿下がそんな性格だなんて聞いたことないわ。それはあなたの努力が足りないのではないかしら？　あのエリサでさえ、殿下とはうまくやっていたのよ？　なのにどうしてあなたがうまくやれないの？」

「う……」

これまで自分より劣っていると内心軽蔑していた姉の名を出されてシシリーは言葉に詰まる。

これではまるで自分がエリサに劣っているようではないか。

実際はエリサもケビン殿下とうまくやっていた訳ではなかったのだが、愚痴を誰にも言わなかったので周囲は勝手に関係良好だと思っていただけなのだが。

「もう少し殿下の好みに合わせるよう努力してみたら？」

「殿下の好みって何ですか？」

「そのくらい自分で調べなさい。婚約者はあなたでしょう！」

母はそう言ってため息をつくと呆れたようにその場を去っていく。

後に残されたシシリーは途方に暮れた。ケビン殿下の好みなど自分自身以外になさそうだ。それなのに好かれるなんて無理がある。

とはいえ、このままでは母親にエリサ以下と評価されてしまう。それだけは堪えがたい。

それからシシリーはいろいろな伝手《つて》を使ってケビン殿下の使用人や家臣たちに話を聞き、彼の好みの紅茶やお菓子、調度品からティーカップに至るまで調べ上げた。そしてそれらのものを全て取り揃えてケビンを茶会に招待する。

シシリーが用意した部屋は絨毯から壁紙に至るまで、全てケビン殿下の好みに沿った彼だけのための部屋であった。幸い彼女の両親は望む分だけ望むものを買ってくれた。

「ふう、これだけ用意すればさすがのケビン殿下も私に好意を抱くに違いないわ」

部屋を見回してシシリーは確信した。


そして当日、その部屋へケビン殿下がやってくる。

彼は部屋の中を見回すと、満足そうに頷いた。

「ようこそケビン殿下、お茶会の誘いを受けていただき、とても光栄ですわ」

「シシリーもなかなか僕の好みをわかってきたようだね。ここはとてもいい部屋だ」

室内を見たケビン殿下の良好な反応を見てシシリーは少し安心した。

「嬉しいですわ。部屋だけではありません、殿下のために素晴らしい茶葉を取り寄せましたの」

ケビンが席に着くと、シシリーは手ずから紅茶を淹れる。

彼女のような美少女に紅茶を淹れてもらえるとなればどんな男でも歓喜しそうなものであるが、ケビン殿下の意識はシシリーではなく紅茶に向いていた。

「いかがでしょう、いい香りではありませんか？」

「確かに茶葉はいいものだが、紅茶の淹れ方はまだまだ改善の余地があるね」

「……っ！」

ケビン殿下の物言いに、シシリーは怒りを覚えたが、懸命にこらえる。

彼は紅茶に口をつけた。

「ふむ、やはり高級な茶葉を使っているだけあって、味は悪くないな」

「お褒めにあずかり光栄です」

「君は僕の侍女たちの誰よりも僕の好みを把握しているね。君が侍女だったらいいのに」

「……っ!!」

あろうことかシシリーを侍女と同様に扱った発言に、再びシシリーは湧き上がる怒りをこらえる。

彼女は机の下で拳を握りしめ、手の平は爪を立てた跡で真っ赤になっていた。

しかし彼はそんなシシリーの反応などどこ吹く風で続ける。

「そうそう、そう言えば今日は王宮に鏡を増やしたんだ。やはり僕の美貌は自分ではなかなか見られないからね。鏡が増えれば見える機会が増えるだろ？　それに身だしなみというのは絶えず気を配っていた方がいいからね。この家も鏡を増やしてはどうかな？」

そしてケビン殿下はいつものように自分語りを始める。

聞いているとどんどん気持ちが悪くなってくるが、シシリーは懸命に表情を殺して聞いていた。

地獄のような時間が二時間近く続いた後だろうか、おもむろにケビン殿下は時計を見る。

「おやおや、そろそろ公務の時間のようだ。今日は楽しかった。次来る時は紅茶の淹れ方もきちんとマスターしておいてくれたまえ」

「お、お気を付けて」

シシリーはどうにか愛想笑いを顔に貼りつけてそれだけ言う。

ケビン殿下は満足そうにドアの向こうへと歩いていった。

彼の姿が十分遠のいたところで……

「ふんっ！」

シシリーは思いっきりティーカップを床にたたきつけたのだった。

がちゃん、と音がしてティーカップは粉々に割れたが、シシリーの気は全く収まらない。

「あのナルシスト王子め！　こっちが機嫌をとろうと下手に出れば使用人扱いして！　何で公爵令嬢の私がわざわざ紅茶の淹れ方をマスターしなければならないのよ！　我慢ならないわ！」

後で使用人が後片付けにやってくると、部屋には割れたティーカップが数個転がっていた。

第三章　本当の結婚式

「え、レリクス様が私と夕食をともにしたいと？」

「はい、その通りでございます」

私が訊き返すと、マルクは微妙な表情で頷きました。

どういう風の吹き回しかしら。食事をともにしたいということは、少なくとも最初の冷たい待遇に比べて印象はましになったのでしょうが、その理由に全く心当たりがないためです。

街での評判を聞く限り、これまで王都からやってきた方々は皆この街を田舎と蔑んでいたようで、レリクスが嫌うのもよくわかります。そして私もその方々と同一視されるのも仕方ありませんし、別にレリクスの好意を得られるような行動をした記憶もありません。

あくまで好きに過ごしていただけです。むしろ街で遊んでいる行為は伯爵夫人としては評価が下がってもおかしくないのに。

なぜ急に態度が変わったのでしょうか。

私としてもレリクスともう少し仲良く、例えば普通に話せるのであればその方が嬉しい。というのも、街の人々と話していて、レリクスは領主として慕われていると感じたからです。

今のこの領地のように飢饉《ききん》や凶作があれば、普通街の人は領主がどんな人物であれ、悪口を言うものです。例えば「税が高い」「一人だけ贅沢をしている」「偉そう」という感じでしょうか。人々から税をとっている以上、領主という存在は悪く言われがちです。

しかし、この街の人々は愚痴をこぼすことはあっても、レリクスの悪口を言うことはほとんどありませんでした。領内が貧しいのは領主のせいではなく、天候や魔物の出現のせいだと感じている民が多いようです。

また、これまでたびたび王都から来た花嫁候補が帰っていくという出来事はありましたが、皆レリクスが悪いのではなく、「変な女がきて可哀想だ」と同情的でした。

有能なだけでなくここまで慕われるのは、貴族であるにもかかわらず質素な暮らしをしているように、人柄もいいからではないでしょうか。

辺境伯の権力を使えば領地が貧しくてももう少し贅沢な暮らしはできるはずです。実際、中央にはそうしている貴族はたくさんいます。それをしないのは彼の人柄でしょう。

だから私に対しては冷淡でも、彼にはいいところがきっとあるはず。

彼とはできれば親しく話せるようになりたい。

何にせよ、呼ばれた以上は直接訊いてみればいいこと。その日私は厨房の仕事を早めに抜けてレリクスの元に向かいました。

「済まないな、急に呼び出してしまって」

レリクスの部屋に入ると、意外なことに彼も私に対して緊張している様子です。

同じ屋敷で暮らしていても会うことがないせいでしょうか。

部屋にはほかに誰もおらず、二人きりです。

「失礼します」

私は向かい合うようにテーブルにつきました。目の前には先ほど私が厨房で作った料理が並んでいます。

レリクスは何か言いたげでしたが、私を見ると後にすると決めたのか、言葉を呑み込んで食事を始めます。

わざわざ呼ばれたということは何か用件があるのですよね。だったら私から話しかけるのはやめた方がいいのかしら。でも、彼は緊張しているのかなかなか話し始めてくれず、私も少し困ってしまいました。

お互い沈黙が続く中、スープに入っているジャガイモを食べながら彼はようやく口を開きました。

「ふむ、これはなかなかよく煮えているな。そなたが煮たのか？」

何というか、いかにも本題を切り出すのは難しいから、当たり障りのない話題で無理矢理話しかけたという印象ですね。

「いえ、最近は皆さんもうまくなってきたので、大体のことは任せています」

「そ、そうか。それもそなたのおかげだな。礼を言う」

「ど、どうもありがとうございます」

「最近はうまくやっているか」

「そうですね。困ったことなどはありません」

「それは良かった」

こんな感じで私たちの間には一問一答で途切れるような、もどかしい会話が続いていきます。失礼ながらこの会話のたどたどしさは相手が辺境伯であるとはとても思えません。

が、そんなたどたどしい会話を続けて気づいたのは、レリクスが私に何らかの好意を抱いているということです。確か出会った時は「おぬし」と呼ばれていたのが、いつの間にか「そなた」に変わっています。会話の内容も最初に会った時に比べれば大分私に好意的です。

とはいえ何となくそんな気配は伝わってくるものの、とってつけたような会話が続くばかりでなかなか話が進まないまま、私は食事を終えてしまいました。

「あの、今日はどうして私を呼んでくださったのでしょうか？」

私は意を決して尋ねます。

するとレリクスは少し考えこみ、やがて私の顔をじっと見つめて口を開きました。

「そなたは私のことをどう思っている？」

急に尋ねられて驚きました。これはどういう意図による質問なのでしょうか。

よくわからないし、あまり長考しても失礼なので当たり障りのない答えを返します。

「いい領主だと思います」

「そうか」

それを聞いた彼はほっとしたようながっかりしたような微妙な顔をしました。

一体どのような答えを期待していたのでしょうか。

ようやく彼はぽつぽつと話し出します。

「私はそなたの話もいろいろ聞いている。最近はそなたのおかげで食事もおいしくなったと屋敷の者たちも喜んでいる」

「そう言っていただけると私としても厨房に入ったかいがありますわ」

改めてそんなことを言うなんて、やはり今日のレリクスは少し変です。

「それから、街の者たちの評判も上々だな」

「もしかして私が街でしていること、全てご存じなのですか？」

顔が少し熱くなりました。本当にただ街を歩き回っているだけなので。というか、娘さんを案内しようとしてかえって道に迷った件は今思い出しても恥ずかしいですが。

「全部とは言わないが、おおよそのことは知っている。話に聞く限りだと人気があるらしいな」

「え、そうなのですか⁉」

一応エリサの侍女を名乗っていたのですが、どうやらばれてしまったようです。

しかし、まさかレリクスの耳にまで入ってしまうとは。

一気にかーっと頬が火照ってきます。

「そうでなかったら私のところまでは話が回ってこない」

「それは嬉しいです」

確かに街の方々とは仲良くはなりましたが、そこまで評判になっているとは。恥ずかしくはありますが、好意的な評判であれば嬉しいものです。話題になったのはやはり私が王都から来たからでしょうか。

その後もレリクスとの間で一問一答のようなぎこちない会話が続きました。

うまく言えませんが、距離を探られているような、不器用なりに私に近づこうとしてくれているような、何とも言えない感じです。

とはいえ私も結局彼の心境の変化の理由を聞くことはできませんでした。

嫌われてはいなさそうだとわかったけれど、こちらから距離を詰めるのはためらわれたのでどうすることもできず、微妙な雰囲気のまま夕食は終わりました。

私が部屋を出る直前、後ろでレリクスが落胆したようなため息をつくのが聞こえました。

私との会話がそんなに不満だったのでしょうか……気になったものの、それを聞ける雰囲気でもなかったので、そのまま部屋に戻るしかありませんでした。

翌日の夕方、私がいつも通り厨房に向かうとマルクの姿が見えません。

「あら、今日はマルクはいないのですか？」

「はい、それがレリクス様に何か重要な仕事を任されたようで」

厨房にいたほかの方も少し困惑した様子です。

マルクもほかに仕事があるのでいつもこちらにいた訳ではないのですが、昨日一緒に夕食を作った時「明日のメニューはどうしよう」と話していたので、当然今日も来ると思っていました。

「どんな仕事を任されたか知っていますか？」

「さあ、私たちは引き続き厨房の仕事を続けろとしか言われておりません」

そう言って彼も首をかしげます。

答えてくれた彼を見て、改めて厨房を見回してみました。

「いつもいる方々も今日はいない方がちらほらいますね」

「確かにそうですね」

マルクの部下の中でも特に信用されている者が数人いません。

その代わりに、今日はマルクの部下以外で時々手伝いに来てくれている方々の姿があるのでこちらを忘れた訳ではないのでしょう。

「人手のいる、よほど重要な仕事を任されているのですね」

「そのようですね」

それなら私に一言ぐらい言ってくれてもいいのに――しかし、冷静に考えてみると私は勝手に厨房の仕事を手伝っているだけで、マルクの同僚でも何でもありません。

それにマルクにとって厨房での仕事は本来の仕事ではありません。いちいち私に断りを入れる義理はないのだ、ということに気づき、少し悲しくなりました。

それに最近は私と他の使用人たちも随分打ち解けたので、マルクがいなくても料理は滞りなく進みます。そもそも執事のマルクが厨房にいたことがおかしいので、この状態こそがあるべき姿なのかもしれません。

まあ、私がここで働いているのもおかしいのですが。

夕食を作り終わり、私が自室に戻ろうとした時、急ぎ足で通り過ぎていくマルクの姿を見かけました。

彼が今何をしているのか気になっていたので軽い気持ちで声を掛けます。

「あの、今日は忙しかったようですが、どんなお仕事をしていたんですか？」

「い、いいえ、特には！」

私が声をかけると彼はわかりやすく動揺しました。返事の声も上ずっています。

ロンドバルド家の機密に関わることで私には言えないのであれば、素直に「言えない」と言えばいいはず。

というよりも、人手不足の中、貴族家に仕える執事が何もせずにぶらぶらしていれば、それはそれで問題です。

「でも、今日レリクス様に仕事をもらったと」

「で、ではちょっと用事がありますので！」

そう言ってマルクは逃げるように去っていきました。

やっぱり何かを秘密にしているということではないかしら。

元来嘘のつけない性格なのでしょう、隠し事がすっかり表に出てしまっています。

どうして私に隠しているのかはわかりませんが、ここまで不審な態度をとられると逆に興味が湧いてきました。


それから数日間、私はそれとなくマルクの行動に目を光らせたり、彼の部下に話を聞いたりしてみました。

その結果、彼は方々に手紙を書き、何かを手配していることがわかりました。それを聞いて私は実家にいたころを思い出します。パーティーを開く少し前は今のマルクがしているような準備だった気がします。

しかしあの倹約家のレリクスがパーティーなど開くでしょうか。開くとすればよほどめでたいことがあるときでしょう。私はこの家のことを全然知りませんが、何か重要な記念日か行事でもあるのかしら。

マルクやほか数人がおかしな様子である以外はそこまで異常もなかったので、その時はそこまで深くは気にしませんでした。

が、それから数日後のことです。

「大変です、エリサ様！」

「何でしょう？」

いつものように私が厨房で夕食を作っていると、マルクの部下の一人が血相を変えて駆け込んできました。

彼もマルクが謎の仕事をしている間、私と一緒に厨房にいることが多い方です。

「それが、マルク様が『花嫁衣装』『花嫁用のアクセサリー』という言葉を誰かと話しているのを聞いてしまったのです」

「な、何ですって!?」

驚きのあまり卒倒しそうになりました。

ここ数日の動きとその会話の内容を合わせると、マルクが結婚式の準備をしているのは明らか。

そしてレリクスはあの日の夕食以来、何の音沙汰もありません。

ロンドバルド家の誰かが結婚するのかとも思いましたが、それだけではありません。

重要なのはマルクが私には式の準備を隠しているということです。結婚式を行うのであれば、たくさんの料理が必要になるはず。それなら厨房を手伝っている私にも何か事前連絡をしますよね？

それがないということは、私には言えない結婚ということ。

これらのことから導き出される結論は一つ。

レリクスの元に、私とは別の花嫁がやってくる――!?

不意に頭がくらくらしました。

「大丈夫ですか!?」

「今日は我らに任せてお休みください！」

周りの方々が慌てて声をかけてくれます。

「いえ……大丈夫です……」

懸命に答えようとしましたが、言葉がうまく口から出てきません。周りの使用人たちの声は遠のいていくようでした。

それからのことはよく覚えていません。

私はふらふらしながら自室に戻り、そして寝込んでしまったのです。


数日の間、私は気分の落ち込みが影響したのか、頭が痛く、体もだるい状態が続きました。一度気力をふり絞って厨房に出向こうとしたのですが、あまりによろよろしているので「エリサ様は寝ていてください」と追い返されてしまったほどです。

ちょうど慣れない土地で慣れない生活をしていたことによる疲れも溜まっていたのでしょう、気が付くと高熱が出て起き上がれなくなっていました。

じっとしているのはあまり好きではありませんが、体が重くてベッドの中で寝ていることしかできません。そうなると、つい考えてしまいます。

レリクス、本当に違う方と結婚してしまうのかしら。

そもそも結婚した時から望まれていなかった私よりも、ほかにいい方がいればその方がいいかもしれないわ。

考えてみれば、私とレリクスは本当に結婚しているのか怪しいぐらいです。

体調が悪い時は悪いことばかり考えてしまうもので、さらに落ち込んでしまいそう。

本当に私以外の誰かと結婚するつもりなのかしら。

レリクスももう三十歳。ロンドバルド家に世継ぎを作り、死ぬまでに領主教育をすると考えると一刻も早く結婚相手を見つけるべき。相手の爵位にこだわらなければ、この周辺に住む中下級貴族の娘を迎えることも可能です。近くの家の娘であればここの暮らしに不満を抱くこともなく、平和な夫婦生活を送ることができます。

本来ならばそれでめでたしのはずなのです。

しかし、なぜかその想像をすると胸が痛みます。

元々レリクスに愛されていた訳ではないとはいえ、王都の貴族に疎まれている話を聞いて私は勝手に彼に親近感を覚えていました。だからこそ、先日彼と一緒に夕食を食べた時、彼が私に好意を向けていると知って少し嬉しくなったのです。

それに、ようやくこちらでの暮らしも慣れてきたし、屋敷にも居場所ができました。

もし、レリクスがほかの令嬢と結婚すれば、私は完全に居場所を失ってしまいます。

今のように名前だけの妻として屋敷にいることもできなくなってしまう。そうしたら私はどうなるのでしょうか。家に追い返されるか、屋敷の片隅にでも置いてもらえるかしら。

次から次へと悪い想像が頭をよぎります。

気を紛らわそうにも起き上がることすらできません。

一人で悶々としていると、こんこん、と部屋のドアがノックされました。

マルクが心配して様子を見にきてくれたのでしょうか。

でも、マルクもレリクスが式を準備しているとは話してくれなかった。その彼が私の元へ来てくれるかしら。

もっとも、彼も私と仲が良かったのはなりゆきで、彼だってレリクスの家臣だから命令に忠実なのは仕方ないことですが……

「どうぞ」

私は力ない声で言います。

「失礼する」

ガチャリとドアを開けて入ってきたのはレリクスでした。

「嘘……」

予想もしなかった相手に驚き、慌てて体を起こそうとしました。

病気とはいえ、寝ながら話すのは失礼です。

けれども急に体を起こそうとするとめまいがして、うまく体を起こせません。

「いや、無理せずそのままで良い」

レリクスは思ったよりも優しい声色で言ってくれます。

お言葉に甘えて再び横たわりました。

気遣いはとってもありがたい。けれど、どうせ別の方を迎えるつもりなら、そんな態度を取っても意味がないというのに。

次の瞬間、目の前で予想もしなかったことが起こりました。

「今回は余計な心配をさせて申し訳なかった！」

突然、レリクスがそう言って頭を下げたのです。

何が何やらわからず、呆然とします。

「あの、一体どういうことでしょうか？」

「マルクから聞いた。どうもそなたは私がほかの女と結婚すると勘違いして、不安のあまり体調を崩したそうではないか！」

「え、それはその……」

「全くの誤解だ！」

レリクスの言葉に私はさらに困惑します。誤解というのはどういう……？

「え、でも確かに式の準備を進めていると」

もしかして聞いた話が違っていたのでしょうか？

レリクスは少しだけためらっていましたが、やがて意を決したように言います。

「私が今進めているのはそなたとの式だ」

「えぇ!?」

その言葉に変な声が出てしまいました。これまで全くそんな雰囲気はなかったのに、まさかそんなことがあるなんて。

そもそも私たちは手続き上はすでに結婚しているので今更式を挙げる必要はありません。

驚いている私にレリクスはなおも告げます。

「驚くのも無理はない。実はそなたがこちらに嫁いできて以来、私は無視同然の扱いをしていた。だが、私はそなたのことを見誤っていた。これまでやってきた女たちと同様、王都の華美な暮らしにしか興味がないのかと思っていた。しかし、そなたはそうではなかった。そうである以上、私はまず勘違いと無礼を詫びるべきであったのだ」

「いえ、そんな……」

あまりに突然のことすぎて言葉が出ません。

確かに無視されてはいましたが、それは実家での暮らしと変わりませんし、むしろ変に束縛されないだけありがたいとすら思っていました。

レリクスは目の前で非常に申し訳なさそうにしています。

「だが、私はどうしても素直に気持ちを伝えることができなかった」

それを聞いて先日の謎の夕食の誘いをやっと理解しました。

あれは私に今までのことを謝って普通の関係になりたかったが、決心がつかなかったのでしょう。とはいえ、それを感じ取れなかった私も鈍かったのかもしれません。

「私がそなたに無礼な態度をとったことは変わらない。だからこのまま気持ちを伝えても、今更何を、と思われるかもしれない。それで私はそなたとの式を準備し、誠意を示してから改めて謝罪と求婚を行おうと思っていたのだ。しかしそれがよくなかった。誤解させてしまって申し訳ない！」

そう言って彼は深々と頭を下げました。

レリクスは自分がとってきた態度が申し訳なくてどうしていいかわからず、隠れて式の準備を進めていたようです。

それを聞いて私の中にあったわだかまりはきれいになくなっていきました。どうやらレリクスは思った以上に不器用な人だったのですね。

別に式など準備してもらわなくても、今のように言葉で言ってもらえれば十分伝わるというのに。

あえて筋にこだわって失敗しているのを見ると、不器用ながらも少し愛しく感じます。こうして出会ったばかりの時に感じていた、彼に対する冷たい印象は瞬く間に氷解してしまいました。

「もう、それならそうと言ってもらえばすぐにお話しできましたのに」

「今までの無礼を許してくれるのか？」

「元より気にしてはいませんよ」

ほっとしたためか、急激に眠気が押し寄せてきました。

そんな私をレリクスは優しげな眼差しで見つめます。

「悪いな、病中にこんな重要なことを告げてしまって。ゆっくり休んでくれ」

薄れゆく意識の中、彼のそんな声が聞こえました。

そして目を閉じる直前、私にそっと布団をかけてくれたようでした。


ほっとしたからか、その後私の体調は急激によくなっていきました。

二日後にはすっかり元気になった私は、ベッドから起き上がるといつものように厨房に向かいます。

「お身体は大丈夫ですか？」

「もう少し休んでもよろしいのでは？」

「もしかしたら働きすぎなのでは？」

厨房に入ると使用人の皆さんが口々に心配の言葉をかけてくれます。

ですが、元々病気というより気持ちが重くなっていた上に疲れが重なっただけだったのでしょう。悩みがなくなってゆっくり休んだので今は何ともありません。

「大丈夫です。むしろ何かしていた方が気が落ち着くので」

「しかし……」

そんなやりとりをしていた時でした。

「ちょっといいか？」

「は、レリクス様⁉」

いつも通り料理を始めようとしたところ、レリクスが厨房へ現れました。こんなことは私がこちらに来てから初めてのことなので大変驚きました。私ですら驚いているのですから、使用人たちはさらに狼狽し、慌てて頭を下げています。

「エリサ、体調が良くなったのなら一つ相談したいことがある。忙しいところ悪いな」

「いえ、こちらは別に」

私はこっそり周囲をうかがいます。

「え、あのレリクス様がエリサ様に？」

「しかも普段来られない厨房まで来るなんて」

使用人たちがささやき合っているのが聞こえました。

レリクスはかなり昔気質なところがあるので厨房に近づかないだけでなく、調理器具には触ったことすらないでしょう。その彼が私を呼ぶためにわざわざ来てくれるとは。

若干恥ずかしくなった私は逃げるように厨房を出たのでした。


レリクスとともに彼の部屋に向かうと、結婚式の準備をしていたようで、部屋はたくさんの書類であふれていました。

いつもの質素な暮らしぶりで忘れてしまいそうになりますが、本来辺境伯家で結婚式を挙げるとなればかなりの規模になります。その用意ともなれば、いろいろと大変でしょう。

同時に、普段は本人もかなり倹約した生活を送っているのに、私との式にそこまでの用意をしてくれることが嬉しくなります。しかも正式な式自体はもう済んだことになっている以上、これは行わなくてもいい式であるのにもかかわらず、です。もちろん、家の威信のためもあるのでしょうが。

レリクスの前に座ると、彼は用件を切り出しました。

「式の準備を急がせているのだが、悩んでいるのは招待状のことでな。結婚式を挙げるとなれば通常は夫と妻両方の家の者や知人友人を招くことになる。今回の式は正規のものではないが、私としては通常の式と同じくらい盛大に催したいと思っている。とはいえ、もしそなたが実家の者など招きたくないと言うのであれば、それでも良い」

「なるほど」

それは確かに悩みどころです。私が来た日、一応結婚式とは名ばかりの夕食会程度のものが行われましたが、そこには私の家族は来ていません。

私を陥れたシシリーを始め、それに同調した両親を許すことはできません。確かに発端となったのはシシリーが流した噂ですが、一方的に殿下との婚約を変更し、ろくな式もなくレリクスの元に追いやったのは両親です。

彼らが来るぐらいならロンドバルド家の身内だけで式を挙げてもいいかもしれません。

そもそも、誘ったからといって彼らがこんな遠方まで来るとも思えませんが。

だからといって誘わないのは、実家に背を向けているようで嫌です。今の私はこちらでそれなりにうまくやっていますし、レリクスの好意も勝ち取りつつあります。でしたら、むしろ堂々とするべきかもしれませんね。

誘うだけ誘って、もし来たら私がこの家でうまくやっているところを見せつければいいですし、来なかったらそれまでのことです。

唯一来てくれたら嬉しいと思ったオレイン兄上は領地を離れられないので、おそらく来るのは難しいでしょう。

「一応家族にだけは招待状を送ってください。来るかどうかはあちらに任せましょう」

「わかった。ほかにご友人などは？」

私が静かに首を振ると、レリクスは申し訳なさそうに頬をかきます。

変わり者と評判だった私は貴族令嬢よりも料理人や商人の方たちと仲がよかったのですが、彼らを呼ぶ訳にはいきません。

「わかった。手配しておこう。ほかに何か希望はあるか？　元々サプライズにする予定だったが、話してしまった以上はできるだけそなたの希望に沿えるようにしよう。料理でも服飾でも好きに言うが良い」

ついこの前まで放置される生活に慣れてしまっていたせいで、いきなり希望を聞かれても困ってしまいます。それに私はあまり高級な食べ物や高価な宝石への執着はありません。

「いえ、私からは特にありません。ロンドバルド家の伝統料理や衣装などがあればそれをいただきたいのですが」

「わかった。そんなに大したものはないが、用意させよう。そうだ、もし良ければ今後は毎日夕食を一緒に食べないか？」

「お忙しいのに、よろしいのですか？」

レリクスの大きな変化に驚きます。普段は家臣たちと領地のことなどを話し合いながら食事をしており、それは彼の人望の源にもなっているだろうに、いいのでしょうか。

もしかしたら先日の出来事で一気に殻を破ったのかもしれません。

これまで夕食は一人で食べることが多かったので嬉しい限りです。

「その時以外にともに過ごせるタイミングがないからな」

「でしたら喜んでご一緒させていただきます」

こうして、私の伯爵家での日常は急激に変化していきました。

それからほかの家臣や使用人たちが私に向ける視線も少しずつ変わっていきました。

以前は「料理がうまい人」「王都からきた変わった人」として認識されているようでしたが、最近は少しずつ辺境伯夫人として見られることが増えてきました。

認められたとほっとする反面、これまで普通に話していた方に少し距離を置かれてしまうのは寂しくもあります。

一番それが露骨だったのはマルクでしょう。

次の日、厨房で出会った私に彼は申し訳なさそうに頭を下げました。

「すみません、エリサ様に誤解させるようなことをしてしまって。そういうつもりはなかったのですが、配慮不足でした」

「いえ、気にしないでください。むしろ私が勝手に早とちりしたのが悪いのです。冷静に考えてみれば、私と離縁もせずに新しい妻を迎えることなどありえませんから」

レリクスは私に対して冷淡であった以外は常識的な方なので、そのようなことをするはずないというのは考えてみればわかります。それなのに私は、つい決めつけて体調まで崩してしまい……、今となっては恥ずかしい限りです。

「レリクス様は今まであまり良縁に恵まれず……、ようやくきちんとした奥様を迎えることができて我ら一同ほっとしているのです」

確かに、私は自分のことばかり考えてしまっていましたが、レリクスの方が問題は深刻なはずです。辺境伯家の当主に妻がいないという外聞の問題もありますが、世継ぎの問題があります。血縁から養子を迎える方法はありますが、誰を迎えるかで御家騒動の火種になりかねません。子供を産むにしても早く産まなければ、成人する前にレリクスが倒れるということもあるかも……

「なるほど、そう考えると皆さんの方がいろいろとご苦労があったのですね。街の人々も皆心配していました」

「やはりそうでしたか。それで式についての相談なのですが……」

実質的に結婚式の準備を取り仕切っているマルクはいくつか相談してきました。

「……わかりました。そういうことで準備を進めます」

「はい、ありがとうございます。それでは私は厨房に戻ります」

「あ、あの」

私が厨房に戻ろうとするとマルクが遠慮がちに声を掛けます。

「何でしょう？」

「言いづらいですが、その、これまではエリサ様は書類上は奥方様でも実質的には……そうではなかったと言いますか……。しかし、これからは式も挙げ、対外的にも奥方様になられる訳です。ですからそういうことは今後は無理にしていただなくてもいいというか……」

マルクも言いづらいのでしょう、言葉を濁しながら話しています。

言わんとしていることもわかるのですが、何というか気を遣うべきポイントが間違っているような気がしますね。

ついつい少し意地悪な答え方をしました。

「それは、辺境伯夫人が自ら家事をしていると外聞が悪いからということでしょうか？」

「そ、そういうことではありません」

マルクは慌てて否定します。

「でしたら心配はいりません。マルクは私が無理をして厨房に立っているように見えていたのですか？」

「そうは見えませんでした」

責めているような口調になってしまい、申し訳ないですね。

とはいえ、これははっきりさせておかないといけないこと。

「でしたら、今後も私は好きなようにさせてもらいます。もっとも、辺境伯夫人として役割を果たすことがあれば、そちらを優先いたしますが」

「いえ、おそらくそれはないかと」

実家を思い返してみると、母上も何か仕事はあったような気がしますが、この家では夫人がいないまま長い時間が経ってしまったため、その仕事は誰かが代わりにやるようになっているのでしょう。

今後、何かあるかもしれませんが、当分は辺境伯夫人としての役目はなさそうです。

「とはいえ、厨房の方も皆さんにお任せして回るようになってきました。ですから今後はほかに何かできることはないか考えてみます」

マルクを責めるような言い方をしてしまったため、一応フォローをしておきます。

それに、サツマイモの件で思ったのですが、よそで育った私の視点があれば、ほかにも領地について改善できる点があるような気がします。今後はそういうことも探していきたいのです。

マルクはほっとしたように言いました。

「ありがとうございます」

「いえ、こちらこそ気を遣わせてしまったようですね」

こうして少しずつ日常が変化していく中、私は式の日を迎えました。


結婚式の日、屋敷はまるで別の建物のようになっていました。

最初に来た時は古臭くて埃っぽいと思った室内は全て掃除され、絨毯や壁紙は新調されて廊下にはところどころ花が飾られています。

前日までに屋敷の者総出で清掃と模様替えがなされたおかげで、それまでの古臭い屋敷の面影はほぼ残っておらず、王都の大貴族の結婚式場も顔負けの豪華さになっていました。

そんな屋敷にロンドバルド家と縁がある貴族やたくさんの家臣たちがやってきました。家臣たちは普段はそれぞれの領地を守っており、あまり会うことはありませんでしたが、領地が広い分、家臣も多く、その者たちが一堂に会するとまさに壮観でした。

元々屋敷も広さだけはかなりあったため、一番大きな広間にはたくさんの参列者があふれています。

さらに式場にはレリクスが領地の各地から集めた腕利きの料理人によってつくられた豪華な料理が並んでいます。

準備中に一度、こんなにたくさんのお金を出して大丈夫なのかと尋ねると、レリクスは苦笑いして「大丈夫ではないが、ほかの貴族や家臣たちを招く以上、みすぼらしいところは見せられない」と言っていました。この辺りの事情は王都の貴族も辺境の貴族も大して変わらないのでしょう。

ちなみにマルクは「こういう機会でもないと屋敷の清掃が行われないので、ちょうどいいかもしれません」と言っていました。

確かに結婚式は基本、何度も行うものではありませんし、屋敷をきれいにするタイミングとしてはちょうどよかったのかもしれません。

また、こちらに来てからずっと動きやすくて汚れてもいい服装ばかりしていた私も、今日ばかりは本気で着飾りました。

数日前からレリクスが王都から呼んだ髪結い屋さんや服飾屋さんが五人ほど私について、私の意見を聞きながらああでもないこうでもないと検討してくれました。

どちらかというと明るく快活な性格だと自覚している私は、オレンジ色を基調としたドレスを選びました。胸元や袖口、裾などにふんだんに刺繍をあしらったウエディングドレスで、裾は床に届くぐらいの長さです。

王都時代はよく身に着けていましたが、最近は動きやすい服しか着ていなかったので随分と懐かしく感じました。また、コルセットも久しぶりです。王都にいた時は当たり前で何とも思わなかったのに、今はとても窮屈に感じました。

髪も普段は動きやすいようにとポニーテールにしていたのですが、今日だけは長い髪をおろし、先の方を少し巻いてもらいました。そして大きめの花飾りをつけます。

そのほか靴や装飾品なども普段は絶対に身に着けないようなものです。

一方、レリクスもいつもは質素な服装であったのに、今日は皺ひとつないきちっとしたサーコートを纏《まと》っています。元々体格が良く、堂々とした態度のレリクスが正装すると王都にいた王族や公爵位の貴族たちに勝るとも劣らぬほど品格がありました。

これまでは忙しさや領地の経営事情が大変ということもあって少し年をとって見える彼ですが、今日はいつもより一回り若返って見えます。

私たちは普段見慣れないお互いの晴れ姿を見て思わず息を呑みました。

「エリサは普段の生活を送っている時も輝いていたが、こうしてきちんと着飾ると本当に美しいな」

「ありがとうございます。レリクス様も今日は一段と凛々しいお姿です」

「……済まないな、王都では毎日そのようなおしゃれができていただろうに、こちらでは私の甲斐性がないばかりに地味な服ばかり着ることになってしまって」

レリクスの言葉に苦笑します。

「いいえ、確かにドレスは美しいですし、そう言っていただけるのは嬉しいですが、私には少し窮屈ですわ。ですから、たまの晴れ舞台で纏《まと》うぐらいがちょうどいいかと」

「そうか。気を遣わせてしまって申し訳ないな」

そう言ってレリクスも苦笑しました。

もしかしたら彼も正装について同じように思っているのかもしれません。


やがて式が始まり、レリクスが司会に頼んだ教会の神父が私たちの名前を呼びます。

私たちが広間の前面に立つと、参列者や家臣たちからどよめきの声が上がりました。

「伯爵様はなんと凛々しい」「奥方様もお美しい」といった声が多いですが、中には「ようやくいい お方とめぐりあえて本当に良かった」と安堵するような呟きも。特に年配の家臣たちは喜びよりも安堵の方が強いようで、目を赤くしている者もいました。

「それでは新郎新婦に誓いの言葉を述べていただきます」

神父の言葉にそれまで意識しなかった緊張を覚えます。

まずはレリクスが誓いの言葉を述べました。

「これまで私は、貴族令嬢は皆田舎の貧しい家を見下していると思っていた。しかしそなたは私が粗略に扱ったにもかかわらず、家のためにさまざまなことをしてくれた。だから今後は私も先入観に惑わされることなく、エリサ自身を見つめ、そしてこの先の人生をずっとともに歩むことを誓おう」

レリクスがまっすぐに私を見つめます。

これまでこんなに近い距離で、しかもじっと見つめ合ったことはありません。緊張のあまり頭が真っ白になりそうでしたが、懸命に考えてきた言葉を伝えます。

「レリクス様は数々の困難に立ち向かい、領地と領民を守ってこられました。王都の者たちはレリクス様を田舎貴族、貧乏貴族などと揶揄するかもしれませんが、私はそんなレリクス様の力になりたいのです。今後、ずっとお傍にいて離れず、彼を支えていくことを誓います」

私が言い終えると、レリクスが一歩前に出ます。

がっしりした体格のレリクスは身をかがめるようにして唇を近づけます。そして口づけをかわすと、参列者たちから喜びと安堵の声が上がりました。

先日レリクスの本心を聞いた時、すでに私はレリクスと心が通じ合ったような気持ちになっていましたが、こうして大勢の前で正式な儀式を行うことで、彼と結ばれたとより実感を得ることができました。

誓いの儀式が終わると、披露宴へ移りました。正式ではないので、どちらかというと披露宴の方がメインです。

「今回はエリサのために我が領地から腕利きの料理人を集めてきた」

そう言ってレリクスは式場のあちこちのテーブルにある料理を説明してくれました。中にはこの周辺でしかとれない珍しい食材を用いた料理、王都ではあまりない味付けをした料理などがあり、目移りしてしまいそうです。

「レリクス様、このように珍しい料理を一度に集められては今日で全てを食べきることはできません」

私が嬉しい悲鳴を上げるとレリクスは苦笑しました。

「別に今日で食べきる必要はない。気に入ったものを言ってくれれば、今後また作らせよう」

「そのようなことができるのでしょうか？」

あまり我が儘を言うと困らせることになってしまうのでは、とついつい不安になります。

「今日並んでいるのは領地内の料理で特別なものだ。手がかかったものでも、地元で作れる料理であれば材料を遠方から取り寄せるものよりも遥かに金がかからない」

「確かにそうですね！　あ、これおいしいです！」

こうしてしばらくの間、私はレリクスとともに各テーブルを回って料理を楽しみながら、さまざまな人に挨拶をしていきました。

なかなか領地を離れられないような家臣や軍人の方とは機会が少ないため、伯爵夫人としてできるだけこの期に顔を覚えておかなければなりません。

ここで出会う方は自ら外に出て農作業や軍勢の指揮をしている方も多く、皆王都で会う方々と違いました。がっしりした体格でいかつい顔つき、中には真っ黒に日焼けをしている方もいて少し怖かったですが、話してみるといい方ばかりでした。ある意味、皆レリクスと似ていると言えるかもしれません。

いくつめかのテーブルで私は見覚えのあるキングワイルドボアのステーキが並んでいるのに気づきました。

それを見て私ははっとしました。

「これはもしや……ロマノフさんが作ったものでしょうか？」

私の言葉にレリクスは驚いた表情をします。

「おお、ロマノフを知っているのか!?」

「はい、以前城下に遊びに出た際、たまたまお店に入りました」

すると人垣をかき分けてロマノフさんが目の前に現れます。

彼は私を見ると慌てて頭を下げました。

「覚えておいていただき、光栄でございます。そしてあの時は失礼いたしました。まさか奥方様だったとは露知らず、あのような真似を……」

そう言えばあの時は名乗っていませんでしたね。

後で真相を知った彼はさぞ驚いたことでしょう。そう思うと少しだけおかしくなります。

「いえいえ、今日もおいしい料理を出していただき、ありがとうございます」

「こちらこそ、数十年に一度の行事に腕を振るう機会をいただけて光栄でございます」

そして私は傍らのレリクスにレストランでの一件を簡単に話します。

私が普通に街を観光していたことにレリクスは驚いているようでした。

「ううむ、まさかそんなことがあったとは。驚いた」

「すみません、今後はあまり軽率に歩き回るのはやめます」

「そうだな、今回の式でそなたのことは有名になったはずだ。もしかしたらそなたの身を狙う者も出るかもしれぬ」

確かにそれはその通りですね。この地の領主夫人として受け入れられるのは嬉しいことですが、そうなればレリクスに反感を抱く者や金目当ての者から狙われるかもしれません。ただ……、自由に出歩けなくなるのは少しだけ寂しい。

ちなみにキングワイルドボアのステーキはあの日食べたものに劣らぬおいしさでした。

こうして一通り会場を歩いた後のことです。今度は広間の前方に楽団が現れました。

「実は今日はほかにも余興を用意してあるのだ。それを楽しんでいってほしい」

「本当ですか⁉」

そう言えばこちらに来てからは催し物などあまり見たことがありませんでした。しかし目の前に現れた楽団は見事な演奏です。

それから、劇団や踊り手などさまざまな者たちが入れ替わり立ち替わり現れ、それぞれ見事な芸を披露していきました。

王都では見たことのない楽器や装束、舞踏などを次々と見ることができて私は新鮮な驚きに包まれます。

質素な辺境暮らしも悪くないとは思っていたものの、これまであまり目にしなかっただけで、この領地にはまだまだ知らない魅力がある、と考え直したのでした。

レリクスの決心

「はあ、また話せなかった」

エリサと初めて夕食を食べた日のこと。

エリサが部屋を出た後、一人残されたレリクスはため息をつく。あんな上っ面の会話をするために、一緒に夕食を食べた訳ではないというのに。

そこへ隣の部屋に控えていたマルクが入ってきた。そして気づかわしげに尋ねる。

「いかがでしたか？」

「言おうと思ったが、言えなかった。エリサにこれまでの扱いを詫びて、改めて妻としてこの屋敷にいてくれるよう頼もうと思ったのに。これまでのことが頭にちらついてしまうのだ」

普段辺境伯として家臣たちの前に出る時の堂々とした態度とは打って変わって不安そうに言う。家臣が相手であればどんな言いづらいことでもびしりと言うし、領地のことであれば難しい判断も果断に行うというのに、妻が相手ではこうも変わってしまうのか、とマルクは密かに驚いた。

いくらこれまでのいきさつがあるとはいえ、心配のしすぎではないかとマルクには思えてくる。エリサがレリクスのことをどう思っているかはわからないが、少なくとも恨んでいる様子はない。

「お気持ちはわかりますが……大丈夫だと思います。エリサ様がレリクス様のことを悪く言っているのを聞いたことはありませんし」

とはいえ、エリサはレリクスについて多くを語らないので、マルクとしても彼女の真意を断言することはできなかった。表面上気にしていなくとも内心まではわからない。

「でも、それもこれもまずはレリクス様がきちんとエリサ様を妻として待遇するところから始めなくては。そうでなければエリサ様もいつ家に帰されるかわからない、という不安が消えないはずです」

「それはそうだな」

思い悩む主人に対してマルクは複雑な気持ちになった。

自分の妻のこととなると、言いたいことを満足に伝えることすらできない。今マルクが言ったのも誰でもわかるような当然のことだ。

このまま自分の妻のことでぐだぐだ悩んでいる訳にはいかない。

レリクスはよし、と心を決める。

「マルク、婚礼の準備をするのだ」

「え？　もしやエリサ様とは別の方と婚礼するのですか？」

レリクスの言葉にマルクは驚く。

レリクスは呆れて言った。

「何を言っているんだ。エリサとの婚礼をきちんとやり直すに決まっているだろう」

「どういうことでしょうか？」

「きちんと妻として待遇するのであれば、まずきちんとした式を行わなければならないに決まっているだろう！」

「そ、そうですね……」

マルクは頷きつつも内心レリクスの極端さに驚く。まさか無視から一転して改めて式を挙げるとは。

何もそこまでせずともと思ったが、確かにエリサがやってきた日には申し訳程度の式しか開いていない。あれではロンドバルド家の婚礼とは言いがたい。

きちんとやり直すに越したことはないだろう。

もっとも、それについては家族が誰一人同行しなかったエリサの実家にも非はあるが。

「今度はきちんと辺境伯夫人にふさわしい式典を行い、その場で改めて我が妻となってくれるよう伝えよう」

レリクスは元々エリサに好かれているのかどうか自信がない上に、長らく彼女を放置していたため自責の念を抱いていた。

そこで盛大な式を挙げることでようやく彼女と対等な関係になれる、と思ったのだ。

回りくどいと言えば回りくどいが、何事も筋を通そうとする彼らしい考え方だ。

「なるほど、それはいいことですが……しかし我が家の財政は相変わらず厳しいままです。せめて今年の収穫後であれば」

エリサが嫁いできてから、最近はちらほらと雨が降る日が増えてきており、税収は去年よりも大分ましになりそうではある。

とはいえ、今年の収穫が行われ、それが税収として入ってくるのは数か月先だ。それまでは依然としてロンドバルド家の財政は厳しい。

「やむを得ない、貯蓄から出そう」

「本当ですか⁉」

マルクは驚いて大きな声が出た。

農作物の税収に頼っているこのロンドバルト家ではいざという時のために貯蓄を行っている。しかしレリクスは貯蓄の使い道にかなり厳しく、これまでなかなか使おうとはしなかった。

そのレリクスが自ら貯蓄を使おうと言うのは、かなりの大決心である。よほどエリサとの関係を進展させたいのだろう。

レリクスの心意気にマルクも腹を決めた。

「わかりました。そういうことでしたら、私も全力で準備をいたします」

「頼んだ。今度こそ私はうまくやっていきたいのだ。それから準備が終わるまでは、できるだけエリサに悟られないように。彼女を驚かせたい」

「わかりました」

プロポーズをする際、あらかじめ準備を整えてから告げた方がレリクスの本気度も伝わりやすいということだろう。

こうしてマルクは式の準備を行うことになったのである。


が、それから数日後のことだ。

「すみません、レリクス様！」

「一体どうした」

普段は穏やかな性格のマルクが血相を変えてレリクスの執務室に駆け込んでくる。しかも何やら表情が青ざめている。

そのただごとではない様子にレリクスは身がまえた。

「それが、エリサ様が体調を崩されたようで」

「何だと」

「しかもその原因なのですが……もしかすると私のせいかもしれません」

「何、一体どういうことだ」

マルクがエリサが体調を崩すようなことをするとは思えない。

「それが、どうも私が結婚式の準備をしていたのがエリサ様の耳に入ってしまったようで」

「それでなぜ……そうか」

すぐにレリクスは気づく。今のような無視同然の扱いをされているエリサが、レリクスが結婚式の準備をしていると聞けば、ほかの女性を迎えようとしていると思っても不思議ではない。

もちろんレリクスはそんなことをするつもりはないが、対話をほとんどしていないエリサがそんなことを知る訳がない。

「申し訳ありません、私が不注意だったばかりに」

マルクはしきりに頭を下げる。

だが、レリクスの気持ちは違った。そもそも結婚式をしてそこで心境の変化を告げるというのはレリクスの自己満足だ。

本当に彼女のことを思うのであれば、すぐにでも謝るなり待遇を変えれば良かったはずだ。

なのに自分はそれでは申し訳が立たない、いや、それだけではエリサに拒絶されるかもしれないと、式を行ってエリサの心証をよくしてから自分の気持ちを伝えようと考えた。

それは自分の保身でしかない。

そのせいでエリサにいらぬ心労をかけてしまったのだ。

「何ということをしてしまったのだ……」

レリクスは思わず頭を抱える。

それでも次の瞬間に自分がすべきことに思い至る。

「マルク、エリサの目が覚めたら教えてくれ」

「わ、わかりました」

そしてエリサにどう謝るのかを考えたのだった。

シシリーの焦燥

「もう、どうにかしてケビン殿下の関心を得ないと」

王都ではシシリーが相変わらず自分に無関心なケビン殿下の態度に焦燥と苛立ちを募らせていた。

そもそもケビン殿下はシシリーに興味がないし、仮に彼女が努力して殿下の気を惹こうとしても、彼はそれを当然のこととしか思わない。

王子として大抵のものは与えられて育ったケビン殿下にはシシリーが即席でできる程度では心を動かされなかった。

シシリーにとって自信があることと言えば、ファッションやヘアアレンジなど自分をより美しく着飾ることだが、容姿をどれだけ磨いても、結局殿下に勝つことはできない。

そのためケビン殿下は相変わらずシシリーを「侍女にしたら良さそう」という程度の相手にしか見ていないようだった。

ケビン殿下ほどではないにせよ、自分に自信があるシシリーにとってはそれが許せなかったし、このままでは一緒に過ごしていても苛立ちが募るだけだ。婚約者の立場でたまに会う程度ですらそうなのだから、結婚すれば余計に許せなくなるだろう。

とはいえ、それを相談しようにも、姉のエリサから強引に婚約者を奪い取った経緯があるだけに、両親に殿下の愚痴を言うことはできない。言ったとしても前のように「努力が足りない」「自分で望んだことでしょう」と言われるだけだ。

「いかがいたしましたか？」

そんな中、シシリーと仲の良い少し年配のメイドが彼女に声をかけてくる。

ちょうど愚痴を言う相手を探していたシシリーは彼女に相談することにした。

「ケビン殿下のことです。どうにかして彼の心を掴む方法はないでしょうか？」

「心を掴む方法？」

「はい、実は……」

そして堰を切ったようにこれまでのことを語り始める。

最初はメイドなんかに自分の悩みがわかるか、と思っていた彼女もそれまでずっと悩みを一人で抱えていたため、話しているうちに止まらなくなっていった。

それを聞いたメイドはどんどん難しい表情になっていく。

そもそもケビン殿下が極度のナルシストであるというのも初耳だ。シシリーが話し終えると、メイドはうーんと首を捻った。

「なるほど。それはなかなか難しいですね。私もそういう気質の男性は何人か見てきましたが、よほどのことがなければ相手を対等なパートナーと見ようとはしないものです。そういう方たちは他人を自分の付属品か引き立て役としか思わないのですよ」

「やはりそうなのですね」

年配のメイドの言葉にシシリーは泣きたくなった。

いくら相手が王子とはいえ、これから結婚して一緒に暮らすことを想像すると身の毛がよだつ。

そんなシシリーの様子を案じてメイドが意を決したように言う。

「わかりました。でしたら一つ、奥の手がございます」

「奥の手?」

「はい。惚れ薬を使うのです」

「ほ、惚れ薬⁉」

シシリーも存在を知ってはいたが、まさかメイドの口からその言葉が出るとは。今の今まで選択肢として考えもしなかった。

そもそも王族に薬を盛るなどありえないことだし、まだ結婚していない以上、惚れ薬を呑ませても既成事実を作ることができない、などさまざまな問題がある。

とはいえ、メイドの提案はそれを補ってあまりある魅力があった。

普通の手段でどうにもならないのであれば、普通ではない手段を使うしかない。

「それを使えば相手を振り向かせることができるのでしょうか?」

「振り向かせるというのは少し違いますが、うちの旦那も普段はお堅い方なのに薬を呑むと激しく乱れるのです」

「なるほど」

それを聞いたシシリーはごくりと唾を呑み込む。あのケビンとて、人間である以上薬の効果は出るだろうし、一度行為に及んでしまえば自分にも愛着を持ってくれるのではないか。婚約はしているし、向こうから求めてくるのであれば、それほど問題にはならないだろう。

シシリーは心を決めた。

「それではその薬をいただけませんか？」

「わかりました。お嬢様のためでしたら」


それから数日後、シシリーはケビン殿下を自宅に招いた。仲はうまくいっていないものの、婚約者同士として月に何度かお互い王宮と屋敷に招き合っているので特に不審はない。

それに、シシリーは一方的にケビン殿下を嫌っているが、ケビン殿下はシシリーが眼中にないだけで嫌っているという訳ではなく、婚約者として不自然のない程度の交流はある。

シシリーはケビン殿下好みにしつらえた部屋に彼を招く。以前招いた時よりも調度品を厳選している部屋を見た彼は満足そうに言った。

「ますます僕の好みがわかってきたね。素晴らしい」

「ありがとうございます。殿下のために頑張りました」

シシリーは精いっぱい媚びて言ってみたが、やはり殿下はそれ以上に心を動かした様子はなく、部屋の内装ばかりを見渡しながらテーブルにつく。

「それでは早速、お茶をお淹れいたしますね」

そう言ってシシリーはメイドからもらった惚れ薬を混ぜた紅茶を殿下のティーカップに注ぐ。ついでその紅茶を自分のカップにも注いだ。

それを見て彼はいつも通り紅茶を飲もうとする。

が、口元に近づけた段階で唐突に手を止めた。

「うーん、今日はこの茶葉の気分じゃないな。済まないが淹れ直してもらえないか？」

「そ、そんな……」

ケビン殿下の言葉にシシリーは凍り付く。

香りや味が変わらないよう細心の注意を払ったし、事前に確認もしたのだが……まさかばれた？と思ったが、殿下の表情はいつも通りで何かに気づいた様子ではない。いくらケビン殿下でももし惚れ薬に気づいたのなら、さすがに何か言うだろう。

ということは本当に偶然、シシリーが淹れた紅茶が気分に合わないから淹れ直せと言ってきたのだ。

そのことに気づいたシシリーは内心はらわたが煮えくり返るような怒りに包まれた。

自分がせっかく淹れた紅茶を「気分じゃない」の一言で飲まずに突き返すなど、いくら殿下とはいえ、無礼も無礼ではないか。まだ惚れ薬を混ぜたのがばれて怒られる方がましだったかもしれない。

とはいえ、ここで変に食い下がれば怪しまれるかもしれない。ケビン殿下が一度気分じゃないと言ったらその気持ちを変えさせることは不可能だ。そのことはシシリーも身をもって知っていた。

「わ、わかりました」

やむなくシシリーは引き下がった。しかし残念ながら惚れ薬の予備は用意していなかったので普通に淹れ直すしかない。こんなことならもっとたくさんの惚れ薬をもらっておけば良かった、と後悔する。

「……淹れ直してまいりました」

やむなくシシリーは単なる紅茶を渡す。ケビンはティーカップを手に取ると満足そうに口をつけた。

「おいしいね。最初から僕の気分を察してこちらを淹れてくれれば完璧だったんだが」

「……っ！」

相変わらずケビン殿下は一言多く、そのたびにシシリーはカッとなってしまう。

今日もティーカップを叩きつけそうになるのを懸命に堪えるのだった。


こうしてせっかくエリサからケビン殿下を奪ったはいいものの、彼女の日々はかえって悲惨なものになっていった。周囲の貴族の息子たちにちやほやされていた時期の方がよほど幸せだった。

そんなある日、彼女の元にメイドがやってくる。

「シシリー様、エリサ様からお手紙です」

「手紙？」

それを聞いてふとシシリーは閃《ひらめ》く。

もしかして辺境の暮らしに音をあげて助けでも求めてきたのだろうか。

だとしたら自分の状況がみじめなものでも、多少留飲は下がる。

「お姉様からお手紙だなんて嬉しいわ」

シシリーはあくまで健気な妹を演じつつ、手紙を開く。

だが、そこに書かれているのは彼女が辺境で充実した生活を送っており、今度レリクスときちんとした結婚式を挙げるので参列しないかというものだった。

それを読んだシシリーは怒りで手を震わせる。

しかしメイドが目の前にいる手前、どうにかそれを堪えて笑顔を作った。

「まあ、お姉様が元気そうで良かったですわ」

「それは何よりの便りですわね。では、失礼いたします」

そう言ってメイドは頭を下げて去っていく。

シシリーはそんな彼女をいかにも「姉の結婚を祝福している心優しい妹」という表情で見送った。

彼女が部屋を出ていくのを確認した途端、ぐしゃり、と手紙を握りつぶす。

その表情は先ほどまでの愛らしい少女の面影はどこにもなく、思いがけず幸せを手にした姉への怒りに満ちていた。

「盛大な式？　あの貧乏貴族がそんなもの挙げられるなんて聞いてないわ！　大体これまで嫁いだ

女はみんな追い返されたのではなかったの⁉」

シシリーはレリクスの元に嫁ぎ、すぐに追い返されるようにして戻ってきた女性のことも知っていた。少しだけその時の話を聞いたことがあるのだ。

何でも、レリクスは嫁いだ日から彼女をいないものとして扱い、古びた部屋だけ与えて放置し、平民のような暮らしをさせたという。当然式など挙げてもらえなかったし、シシリーもそんなとこなら自分も三日で逃げ帰ると思ったものだ。

だからそんな彼の元に嫁げば、エリサもまた同じような目に遭うと思ったのだが、完全にあてが外れてしまった。

「そんな、お姉様が私よりもずっと幸せに暮らしているなんて……」

対する自分の婚約相手はナルシストの固まりのような王子である。

婚約を決めた時は自分の策略が完全にうまくいったと思ったのに、なぜこんなことになってしまったのだろうか。

「許せない、絶対にこのままにはしておけないわ」

シシリーは自分の悪事を棚に上げて歯ぎしりした。

幸いレリクスの王都での評判はあまり良くない。彼の名を貴族たちに訊けば、半数は「名前ぐらいは知っている」と答え、もう半数は「不愛想な奴」と顔をしかめるだろう。そこに彼を陥れる鍵があるかもしれない。

シシリーは早速レリクスについて調査を始める。幸いなことに（？）、ケビン殿下はシシリーに全く関心がないため、彼女が熱心に何か調べ物をしていても何も言ってこなかった。

数日後、シシリーはとある貴族から、ロンドバルド辺境伯領へ流れるロンドバルド大河と呼ばれる河があり、その水量が減って周辺が水不足になっていること、その影響で農作物の取れ高が減り、辺境伯家の財政が逼迫《ひっぱく》しているという話を聞いた。

そして水量が減っているのは上流に領地を持つラーザン子爵という貴族が貯水池を造っているせいだと知る。

「これですわ。ロンドバルド領全体が窮地に陥ればお姉様も呑気な結婚生活を送っている場合ではなくなるはずです！」

もはや彼女の中では自分が幸せになることよりも、エリサを不幸にすることに目的が変わってしまっていた。

名案を思い付いたシシリーは早速ケビン殿下の元へ向かう。あんなのでも王子は王子だ。彼の権力であればどんなことでもできるだろう。

「何だい？　今僕は鍛錬に忙しいんだ。やはり王子たる者、完璧な肉体をしていないとね」

シシリーが会いにいくと、ケビン殿下は王宮の庭で剣術の訓練をしていたところで、唐突な彼女の訪問に眉を顰《ひそ》める。

確かに武術の訓練は大事だが、王子である以上、個人的な武術よりも国を治めることを学ぶべきではないか、とシシリーは少し疑問に思う。とはいえ、今はそんなことはどうでも良かった。

「殿下、一つお願いがあるのです」

「何だい？　忙しいから手短に頼むよ」

ケビン殿下は面倒くさそうに答える。

「ラーザン子爵領の貯水池造りを支援してほしいのです」

ラーザン子爵は小さな貴族だ。独力での工事には限界がある。もし国から支援があればさらに工事は進み、辺境伯領の水不足は悪化するだろう。

が、シシリーの言葉にケビン殿下は面倒くさそうにため息をついた。

「どうしていきなりそんなことを言い出したのかは知らないが、僕はそんな面倒なことはご免だ。工事ぐらい自力でやりたまえ」

「ですが、この工事が進めば子爵領はより豊かになるのです」

「知らないな。個々の貴族の領地のことまで僕が関わる必要はないだろう？」

「そんな！」

伯爵領に被害を与えようと画策するシシリーもシシリーだが、政治に関心を示さないケビン殿下もひどいものだった。この場にまともな思考の貴族や役人がいれば、二人の会話の酷さに卒倒するだろう。

「殿下、お願いします。婚約者である私からのたってのお願いです」

そう言ってシシリーは精いっぱいの上目遣いでケビン殿下を見つめる。殿下以外の男性であれば大抵の者はどんな願いも聞いてしまうだろう。彼女の表情にはそんな愛らしさがあった。

が、ケビン殿下はそんな彼女を一瞥《いちべつ》して訓練に戻る。

「別に婚約者だからって頼みを聞かなければならないという義理はない。さあ、僕は訓練を再開するから帰ってくれ。それから今後は事前連絡なしでくるのはやめてくれ。僕は自分の日課を乱されるのが何よりも嫌いなんだ」

「す、すみません、失礼いたします」

もうっ、このナルシスト王子め！

こうしてシシリーはケビン殿下を心の中で罵倒しながらその場を離れたのだった。

第四章　辺境伯夫人として

盛大な結婚式が終わったものの、数日もすると私たちは元の日常に戻りました。変わったのは結婚式のタイミングで屋敷全体がきれいになったことぐらいでしょう。

非日常というのはたまにあるからいいのであって、私はむしろ日常の方が落ち着きます。

レリクスは式が終わった後も相変わらず忙しく、関係が改善したからといって一緒にいる時間がいきなり増えることはありませんでした。

私も今までしていた厨房の仕事をすぐにやめることはせず、これまで通りの日々を過ごしていました。

一番変わったのはレリクスと毎日一緒に夕食をとるようにしたことでしょう。

たったそれだけかもしれませんが、食事を一人でとるか二人でとるかは結構違うものです。特に式が終わってからは夕食の時間を楽しみにするようになっていました。

「すまないな、せっかく結婚しているのに、なかなか一緒の時間をとることができなくて」

ある日の夕食時、レリクスは申し訳なさそうにそう言いました。

「いいえ、お忙しいのはわかっていたことです。それよりもここ最近、特に大変なご様子ですね。何

か問題が起こっているのでしょうか？」

「今頭を悩ませているのは、式で使った我が家の貯蓄をどう補填するか、最近は再び雨が降ったとはいえ、依然として水不足は続いていること、そして不作地域を中心にサツマイモの栽培を普及しようとしていること、さらに前々から続く魔物の出没への対処だろうか」

一言尋ねただけで、たちどころにいくつもの課題が出てきました。

水の精霊も一度は雨を降らせてくれましたが、力が完全に戻った訳ではなかったのでしょう、それ以降はあまりまとまった量の雨は降っていません。

式を契機に私の屋敷内での立場は良くなりましたが、領地全体は依然として大変な状況です。

私の問題が解決したので舞い上がっていましたが、家の問題は何も解決していないどころか、むしろ華美な式を挙げたことで貯蓄までなくなってしまいました。今後は屋敷内だけでなく、領地全体にも何か役に立てればいいのですが。

そこでふと水の精霊と話したことを思い出します。

これまでは話しても疑われるか聞き流されるかと思って言いませんでしたが、今なら言っても聞いてもらえるかもしれない。

「水不足の問題ですが、ロンドバルド河上流で工事が行われた件はご存じですよね？」

「もちろんだ。もうだいぶ前のことだ。ラーザン子爵という人物が水を確保するため、貯水池を建造した。そのせいで我が領へ流れる水量が減ったと書面で抗議をしたのだが、聞き流されてしまっていた」

正式に妻となった以上、思っていることは全て言った方がいいでしょう。もはや領地についても他人事ではないのです。

もちろん、私の言葉を聞いてどうするか判断するのはレリクスですが。

「川の上流で工事がされると、下流域の水量が減るだけでなく、水を司《つかさど》る精霊に悪影響が及び、その地の天候にも影響が出ると聞いたことがあります。最近は少しは雨が降るとはいえ、十分でないのは精霊の影響なのかもしれません。ラーザン子爵ともう一度交渉した方がよいのではないでしょうか？」

「水の精霊？　そうなのか？」

私の言葉にレリクスは疑わしげな表情になりました。

精霊の生態など一般には知られていないので、そういう反応になるのも仕方ないかもしれません。

「実際、書物でも過去に上流で工事が行われてその土地の降水量に影響が出たという話を読んだことがあります」

さすがに精霊から直接聞いたとは言えないので、私は書物に書いてあったと話しました。

レリクスはしばらく考えていましたが、やがて一つ頷きます。

「わかった。そういうことであれば、改めてほかの領地の状況も調べてみよう。ロンドバルド河沿岸には我が家以外にも領地を持つ貴族がいる。また、我が領地は河から離れたところにも広がっている。貯水池ができる以前とそれ以後、ほかの領地の天候なども調べてみれば明らかになるだろう。明確なデータが出れば、それを元にもう一度ラーザン子爵に貯水池について見直すように申し入れしてみよう」

さすがレリクスは辺境伯だけありますね。あっという間に私のふわっとした提案を具体的な案にしてしまいます。

しかし次の瞬間、レリクスの口から出たのは少々予想外の言葉でした。

「という訳で、エリサ、その調査を行ってもらえないか？」

「え、私がですか？」

突然の提案に驚きました。

領地の資料というのは機密性が高いもののはずです。いくら夫人とはいえ、この前までほぼ部外者だったのにそのような重要なものを見て調べる仕事を任されるとは。

レリクスは一つ頷いてみせます。

「そうだ。この屋敷には周辺領地の資料なども全て保管している。だが現状、書類に不備がないかを確認するのに手一杯で、詳しい分析などはできていない。そなたは公爵家の生まれ、であればそのような資料も見慣れているのではないか？」

「見慣れているというより、見たことがあるという程度ですが」

学問を習った際に政務については一通り習いました。私が領地を持つ可能性はかなり低いので、あくまでさわりだけという感じでしたが。

「失敗して困るものでもないし、やってみてもらえないだろうか」

「わかりました、やってみます」

私はレリクスの言葉に頷きます。

緊張と同時に、そのような重要なことを任せてもらえるのは、自分が妻としてきちんと認められている証という気がして少し嬉しくなりました。

「済まないな、最初に頼むことが辺境伯夫人というより、家臣に頼む仕事になってしまって」

「いえ、私はお役に立てることであれば、何でも構わないですよ」

こうして私が最初に任された仕事は思わぬ大きなものになったのでした。

翌朝、私は早速マルクに会いに行きました。

「マルク、昨日レリクス様からこの辺りの貴族領の水不足問題について調べるように申しつけられました。関係資料を見たいのですが」

「それでしたら承っております。我が家の資料庫に案内しますが、埃っぽいのでご注意ください」

「慣れっこですので大丈夫ですよ」

そう言って苦笑します。

結婚式が終わった後も、私の普段着は相変わらず動きやすくて多少汚れてもいいワンピースのままでです。

「ではこちらへどうぞ」

マルクに連れられて、これまであまり私が立ち寄らなかった書庫へと向かいます。書庫周辺は結婚式と関係なかったせいか、まだ埃っぽいままです。

中へ入っていくと部屋は広いのに本棚が所せましと並んでいるため、すごく窮屈に感じます。本棚の間隔は人一人が通れるかどうか。私は問題ありませんが、がっしりした体格のマルクはさらに窮屈そうです。

本棚を分け進み、私が案内されたのは紙の束が乱雑に置いてある一角でした。

「こちらに我が領とこの周辺の貴族領の資料が置いてあります。管理が行き届いていなくてお恥ずかしい限りです」

「いえいえ」

そう言いながら私は試しに手近にあった紙束をぱらぱらとめくってみます。

そこには近隣の領地の主な出来事や降水量、人の往来、作物の取れ高などが月ごと、もしくは年ごとにまとめられていました。

それを見て私は驚きました。実家の書庫でもここまで詳細な資料は見たことがありません。

ロンドバルド家が質素な理由の一つは、普段の暮らしよりも近隣の情報収集に人手やお金を掛けているからではないでしょうか。

「すごいですね、ここまできちんと近隣の情報を集めている家はほかにないかもしれません」

「とはいえ、最近は集めるだけ集めてあまりうまく活用できていないのが実情ですが」

マルクは苦笑いします。

少しの間資料を掘り返してみると、乱雑ではありますが、一応貴族ごとに分けて置いてあるのがわかりました。書かれている内容の順番も、ところどころ乱れているとはいえ、規則性があります。

こういう仕事をしたことはないですが、これまで得た知識を生かせばどうにかなるでしょう。政務を教わった時は、座ったまま難しいことを習うのは気づまりすると感じましたが、まさかこんなところで役に立つとは。

「大丈夫です。後は私が調べておくのでお任せください」

「ではお願いします」

マルクは少し申し訳なさそうに書庫を出ていきました。

残された私はひたすら各家の気候と作物の取れ高についての記述を書き写していきます。

置かれている資料が乱雑なので記述がとびとびだったり、特定の月だけなくなっていたりということはありましたが、記録自体は几帳面に行われています。そのため私はひたすら紙をめくっては書き写す作業を繰り返しました。

そしてここ数年のデータを一通り書き写したところで私は書庫の机に向かい、書き写した数字や記述を領地ごと、年月順に並び替えます。

すると、予想通りの結果が得られました。

この領地や、ロンドバルド河を主な水源としているほかの家の領地は、貯水池が造られて以降、皆降水量が減っており、そうでない家とは作物の取れ高も全然違うのです。

辺境伯領の領内でもロンドバルド河に近い領地は雨が少なく、ほかの流域に近い地域はそこまで雨は減っていませんでした。もっとも、ロンドバルド河という名前の通り、領地の大部分はこの河とその支流を主な水源にしているため、それが死活問題となっているのですが。

そうとわかった私は上流の工事がされる前のデータも探しました。こちらは本棚のさらに奥底に埋もれているので探しづらかったですが、やはり昔はもっと雨が降って作物も多く取れていたことがわかります。

「ここまで数字が揃えば、さすがにはぐらかされることはないでしょう」

最後に私は調べたことを全て清書して何枚かの紙にまとめました。

これで誰が見ても川の工事による不作は明らかなはずです。

が、そこで私はふと顔をあげて気づきました。

あれ、いつの間にか暗くなっている？

朝いちばんから作業をしていたはずが、気が付くと外は真っ暗になっていました。

まさかここまで時間を忘れて作業に没頭してしまうとは……このままではレリクスとの夕食に遅れてしまいます。

慌てて資料を片付け書庫を出て、レリクスの書斎に向かいました。

「ご苦労、結果はどうだったか？」

部屋に入ると、レリクスはねぎらいの声をかけてくれます。

少し時間を過ぎていたにもかかわらずレリクスは食べずに待っていてくれて、細やかな気遣いに私は少しほっとしました。

「はい、こちらにまとめておきましたが、やはり上流の工事が原因のようです」

そう言って資料をまとめたものを手渡しします。

レリクスはしばらくぱらぱらと資料の紙をめくって確認していましたが、やがて目を見張りました。

「何と……この短時間であの乱雑な資料を、これほどきれいにまとめられるとは。そなたは多才だな」

「多才……ですか？」

初めて言われた褒め言葉に戸惑います。

これまでそんな風に他人に褒められたことはありません。

が、レリクスは真面目な表情で続けます。

「ああ、料理や家事ができるだけなく、このような事務作業もできるとは。しかもこのような資料を見慣れていた訳ではないのだろう？」

「そうですね。確かに、ただほかの領地がどんな場所なのかとか、どんな作物がとれるのか少し興味があって資料を見ていただけです」

「それだけの経験で、一日でこれをまとめられるというのは才能があると言うほかない。ここまでの仕事を任せられる者は、我が家臣にも多くはおらぬ」

さすがにそんなことはないのでは……と言おうとして、私は式で出会った家臣たちを思い出します。

皆魔物との戦いや農作業の指揮などを行っているため、真っ黒に日焼けしていかつい体格の方ばかりでした。

「それはこの家の家臣が事務よりも武勇に秀でているからでは？」

「良く言えばそうなる。とはいえ、少し武骨な者ばかりを集め過ぎてしまったがな」

レリクスは苦笑しました。

辺境伯領はかなり広大です。優秀な人物であればある程度の領地を管理させるために遠方に派遣せざるを得ず、手元に置けないという事情もあるのでしょう。

「それはともかく、これだけの資料があればさすがに言い逃れもできないだろう。すぐにラーザン子爵の元に赴き、交渉してこよう」

「はい、頑張ってください」

「よし、では改めて夕食にしよう」

こうして私たちは少し遅れて夕食を食べ始めました。

◇　◇　◇

それからレリクスはラーザン子爵にもう一度話し合いたいという旨を書簡で連絡したが、会えば貯水池の件について責められると察した子爵はぎりぎりまで返答を引き延ばした末、適当な予定を並べて忙しいからと断ってきた。

そうした反応は想定内だったレリクスは、許可を得ずに会いに行くことにした。彼は現在、財政が逼迫《ひっぱく》しているものの、広大な領地を持つ辺境伯。格下の子爵家が相手であれば多少は強く出ることもできる。

エリサにまとめてもらった資料だけでなく、レリクスはほかにも対策を整えて子爵領へ向かう。もし後々問題になったとしても、第三者に訴えて勝てるだけの用意を彼は整えていた。

万全の準備をしたものの、子爵領に向かう道中、ここ最近は毎日欠かさずエリサと夕食をともにしていたことを思い出してほんの少し寂しさを覚える。

エリサがせっかく資料をまとめてくれたんだ。絶対に交渉を成功させなければ。

レリクスは二日ほどの旅の末、まずロンドバルド河上流にあるという貯水池を見にいく。

ロンドバルド河は川幅が数メートルから十メートルもある大河であるが、貯水池の地点では河に大きな堰ができていて、そこには豊かな水が蓄えられていた。そして堰の上流と下流では水位が大幅に変わっており、貯水池には大量の水が貯まっているのに、堰のすぐ下流になると急に川岸が露出している。

さらに貯水池から立派な用水路が作られており、子爵領の農地に整然と水が引かれていた。

下流に領地を持っていなければ美しい風景として見られたし、ここまでの工事を素直に尊敬するのだが……

ちなみにエリサの資料によると、辺境伯領とは対照的に子爵領は以前よりも農作物の収穫量が格段に増えていた。

この大工事なら下流に流れてくる水の量が減るのも当然だ。

それを確認してからレリクスは子爵の屋敷に向かう。

アポなし訪問であるため少しの間待たされたが、実際に屋敷の前まで来てしまったためそれ以上待たせることもできず、レリクスはようやく通された。

応接室に通されたレリクスの元に渋い顔のラーザン子爵が現れる。子爵の年齢は四十過ぎで、高価な絹の服に包まれた体は少し太っている。

特に印象的なのはぎらぎらした油断のならない目だった。これは相当な野心家に違いない。

ラーザン子爵も、レリクスに直接会いに来られてしまえば追い返すこともできず、会ってしまえば要求を拒否するのは難しい。

「これは遠路はるばるようこそ、辺境伯閣下。できればおいでになる前にご連絡をいただきたかったのですが」

「いや、貯水池の視察にやってきたついでに、寄っただけなのでな」

一言目に貯水池の話題を出されたラーザン子爵はさらに顔をしかめた。

レリクスはそんな反応を無視して本題を進めていく。

「それで早速なのだが、単刀直入に言うと貯水池を取り壊していただきたい。あの貯水池のせいで我が領地は不作になっている」

「そ、それはただ最近の天候が悪く、偶然が重なったためでしょう。貯水池のせいではありません」

「それならこれを見ていただきたい」

そう言ってレリクスは例の資料を見せる。ロンドバルド河下流の貴族領だけ、貯水池の工事以降、目に見えて取れ高が減っていた。

ラーザン子爵としても、レリクスが手ぶらでやってくるとは思っていなかったが、思った以上に詳細な資料を用意していて驚愕した。特に貯水池が造られる前の農作物の取れ高などは付け焼刃で用意できるものではない。

「これを見てもまだ貯水池は関係ないと言うのか？」

「……。だが、この貯水池は我らの資金で作ったものです。他家にどうこう言われる筋合いのものではありません！」

「ならば、次にこれを見ていただきたい」

そう言ってレリクスは同じくロンドバルド河沿岸に領地を持つ貴族たちの署名を見せる。これはレリクスがここに来る前に直接彼らに会って集めてきた署名だ。彼らも最初は貯水池との因果関係に半信半疑だったが、エリサがまとめた資料を見せると、すぐにレリクスに同調してくれた。

レリクスの周到さを見てラーザン子爵は青ざめる。

貯水池の影響で自領の取れ高が増え、他領の取れ高が下がっているのは本人が一番よくわかっていた。子爵領でもそれまではたびたび水不足が起こり、工事をしなければ農地は大打撃をこうむっていただろう。そうでなければわざわざ辺境伯を敵に回してまでこのような大工事を行いはしない。

そんな子爵をレリクスはさらに追い詰める。

「ここに署名している者たちは皆この貯水池の取り壊しを求めている。もしそれでも断ると言うのであれば、王都に訴えに向かうことも辞さぬが」

「く……」

それを聞いてラーザン子爵は唇をかみしめる。

ここまで証拠を用意されてしまうと、知らぬ存ぜぬを貫き通すことはできない。

それでも、貯水池の建設には膨大な工事費がかかっているし、壊せば自領の農作物の取れ高も減ってしまう。簡単に頷けるものではない。

葛藤する子爵の様子を見てレリクスは頃合いと見て切り出す。

「もし壊していただけるのであれば、こちらからも多少の資金援助はさせてもらうつもりだが」

レリクスにとって領地が豊かになるのであれば、一次的に資金を送ったとしても、すぐに取り戻すことができる。

王都に訴えて裁判になれば勝てるかもしれないが、貴族同士の裁判となれば時間がかかる。勝って実際に貯水池が取り壊されるのは随分と先になるだろう。それにレリクスとしては中央の貴族と関わりを持つことはあまり気の進まないことであった。

そのため今ここで彼の同意を得てしまいたい。

やむをえない譲歩であった。

「……わかりました、そういうことであれば」

ラーザン子爵としても裁判にもつれ込んで敗訴すれば名誉が失われるし、強制的に貯水池を取り壊される。それであれば幾ばくかの資金を受け取って応じる方がましだ。

子爵が頷くと、レリクスは彼が考えを変えたり、悪だくみをしたりする暇がないようにすぐに書類を差し出す。

そこには今レリクスが述べた内容が書かれており、子爵は苦い顔で署名した。

こうして交渉は成立し、レリクスは屋敷から帰っていった。

「くそ、せっかく苦心して貯水池を造り上げたというのに、辺境伯め……」

レリクスが帰った後、子爵は唇を噛んで悔しがった。

するとそんな彼の元に一通の手紙が届いた。そこには見慣れぬ名前が書かれている。

「この方は確かオルロンド公爵家の次女？　そのような方が一体なぜ私のような田舎貴族に？」

子爵は首をかしげつつも手紙を開いた。

◇　◇　◇

レリクスがラーザン子爵に交渉してからしばらくして、庭に植えたサツマイモが収穫の時期を迎えました。少しずつ辺境伯の仕事も手伝うようになりましたが、相変わらず屋敷のことも続けていました。

ようやくサツマイモが収穫できることに喜びを覚えつつ、時間の流れの速さを実感します。さすがに一人で全て掘り起こすのは大変なので、マルクに手伝いを頼みました。

「そろそろサツマイモが採れそうです。収穫を手伝ってくださるかしら」

「ようやくですね！　わかりました。手が空いていそうな者を集めてきます」

するとすぐに五人ほどの使用人が集まってきました。

私たちは庭一面に植えられているサツマイモをひたすら掘り始めます。地面の上に出ているツルをたぐってイモが埋まっているところを探し、ツルを切ったりイモの周りの土を掘ったりして中から取り出します。時々いくら力を入れても全然出てこないイモもありますが、そういうイモほど大きかったり、たくさん繋がっていたりして掘り出せた時は嬉しくなるものです。

気が付くと、私たちは皆掘るのに熱中し、手が泥だらけになっていました。

「ところでこのたくさんのサツマイモ、収穫したらどうされるんですか？」

一人のメイドが私に尋ねます。それはあまり考えていませんでした。

もちろんさまざまな料理法はあるので毎日少しずつ食事に出してもいいのですが、それでは何となくつまらないですね。

一回ぐらいはふんだんにサツマイモを使った料理を作りたいところですが……私はふと思い立ちました。

「せっかくですし、これで焼き芋パーティーでも開きましょうか」

「焼き芋？　それは何でしょうか？」

「文字通りですよ。芋を庭かどこかに集めて炭の中に埋め、枯れ葉や古紙を燃やして焼いて皮をむいてその場で食べるんです。うまく焼けると中がほくほくしてとてもおいしいですよ」

王都にいたころ遠方からくる商人に聞いたところ、サツマイモがたくさんとれる隣国などでは大量に芋を集めて焼くようです。

それを聞いて一度はやってみたいと思いつつも、王都にいたころは絶対に「はしたない」と言われるだろうなと心の内にしまっていました。

今こそそれを実行に移す時ではないでしょうか！

「よくわからないですけど、楽しそうですね」

そう言って彼女は目を輝かせました。

早速自分の思い付きをマルクに話します。

「このお庭でサツマイモを焼いて焼き芋パーティーをしたいのですが、いいかしら？」

「それは屋敷の人々の中だけでということですか？」

「言われてみれば、この数であれば街の人々を呼んでもいいかもしれませんね」

今思いついたアイデアですが、その方が楽しいでしょう。

一人一本と考えても、今目の前の庭に植わっているサツマイモを屋敷の人だけで食べきるのは難しいでしょう。もちろん、別に一日で食べきる必要はありませんが。

唐突な案ではありますが、マルクも意外と前向きな顔をしています。

「でしたら屋敷の中はさすがにまずいので、街の広場ででもやりましょうか」

「それはいいですね」

街の広場で大勢の人を集めて焼き芋パーティーをするのは楽しそう。

「見たことも聞いたこともありませんが、楽しみですね」

「焼き芋というのは初めてですが、皆で集まってやるのは賑やかになりそうですね」

「一体どんな風になるんだ」

ほかの使用人たちも焼き芋を楽しみにしているようです。

「では今晩にでもレリクス様に相談してみましょう」

「はい、ぜひお願いします」

マルクの言葉に皆の芋を掘る手が俄然早くなるのでした。


その夜、私はいつも通りレリクスと夕食をともにしましたが、今日は珍しくマルクも一緒にいます。それを見てレリクスは怪訝な表情をしました。

「マルク、今日は何か用があるのか？」

「はい、今日は奥様とともに庭の芋を掘ったのですが、その芋について提案がありまして」

「何だ？」

「街の広場で焼き芋のパーティーを開いてはどうかと」

「焼き芋パーティー？」

首をかしげるレリクスに私は焼き芋の説明をします。

「……ということを街の人も交えて行いたいのです」

「なるほど。相変わらずそなたは奇抜なことを考えるな」

レリクスが呆れたような驚いたような表情で言います。

「いかがでしょうか？」

「いいだろう。実は私も来年からは本格的に領内でサツマイモの栽培を普及しようと思っていたところだ。人々には馴染みがない作物だから、こういう機会を通じて周知することも大事かもしれぬ」

「なるほど」

今度は私がレリクスに感心します。

私はただ何となく楽しそうだからという理由で提案しましたが、彼はちゃんと領地の住民や作物の普及のことも考えた理由で賛同しているようです。私の話を聞いてすぐにそこまで考えるのはさすがです。

「でしたら、段取りなどは私に任せてくださってもよろしいでしょうか」

レリクスの言葉を受けてマルクが言います。

「ああ、任せた」

レリクスが頷き、こうして私たちは焼き芋パーティーの準備を始めました。

マルクが街のあちこちの掲示板に貼り紙をし、人々に知らせます。最初は怪訝な顔をしていた人々も、内容を知ると興味を持ってくれたようで、街では噂になっているようです。

広場の中央には芋を焼くための炭が用意されました。

そして迎えた当日、街の人々は落ち葉や反故紙を持って広場に集まってくれました。ロンドバルド家の家臣たちが荷車にサツマイモを満載して引いてきます。

たくさんのサツマイモを見て街の人々も驚きました。その様子を見て、焼き芋パーティーに参加しようと思い立った人もいたようです。

パーティーの規模が大きくなったおかげでたくさんの人を手伝わせることになり、私は彼らにお礼を言いました。

「すみません、私の思い付きを手伝わせてしまって」

「いえいえ、我らも楽しそうだから手伝っているだけですよ」

「レリクス様はいい領主ではあるのですが、こういう催しはあまりなかったので楽しみなのです」

確かにレリクスがこういう催しを企画しているところは想像がつきません。

よく言えば質実剛健、悪く言えば不器用なイメージがありますね。

マルクが頑張って呼びかけてくれたおかげで、思ったよりたくさんの人が集まり、人数は百人を超えていそうです。

彼らは大量のサツマイモが運ばれてくるのを見ると歓声を上げました。

荷車は中央に用意してもらった鉄板の隣で止まります。そこには大量の炭と灰が盛られていました。

「では皆さん、この芋を炭の中に置いていってください」

私が呼びかけると、街の人がやってきて大量の芋を瞬く間に全て埋め終えました。やはり人数の力というのはすごいものです。

「それでは火をお願いします」

するとロンドバルド家の方が松明《たいまつ》を持ってきて、網の下にある炭に順に火をつけていきます。

それが終わった頃合いを見て私は叫びました。

「では落ち葉や紙をくべてください」

人々が集めてきたたくさんのゴミが炭と芋の上に置かれます。炎はそれらを包んで少しずつ強くなっていきました。

私たちはその様子を雑談しながら見守ります。

町の人々もあまり馴染みがないサツマイモに対し、興味津々であれこれ話し合っていました。

それから数十分ほど待ってそろそろ芋が焼ける時間になり、使用人の一人が端にある焼き芋を一つ取り出しました。そして丁寧に灰を落としながら皮を剥くと、中は黄金色に輝き、甘い香りが漂います。

「どうぞ」

差し出された焼き芋を一口食べると、熱いですが、ほくほくしていてとてもおいしい。

これはちょうど食べごろです。

「大丈夫そうです。火を消しましょう」

私が言うと、大きな焚火の上に巨大な濡れた布が被せられます。布をかけてしばらくすると、空気が失われ、ほとんどの火が消えていきました。

「それでは皆さん、熱いので注意しておとりください」

私が言うと、周りにいた人々は一斉に用意していたトングを持って集まってきます。

そして我先にと灰の中から焼き芋を取り出しました。

「皆さん、一人一個でお願いします！」

それを見て慌てて叫びました。

用意されていた芋の数を考えると、一人一個であれば足りなくなることもないでしょう。それにサツマイモは一つでもまあまあ食べごたえがあるので、持ち帰ろうとしなければ一つで十分なはずです。

人々が芋を次々にとっていくと、それを待っていたかのように商人たちがやってきます。

「焼き芋に合うバターはいらんかね？」

「冷たいお茶、売ってるよー」

できるならこちらで用意しておきたかったものですが、予算の都合で断念したものです。彼らは焼き芋大会が話題になっているのを聞いて、好機を逃さず商売をしにきたのでしょう。人々も集まって繁盛しているようです。

私も家の人々と一緒にバターとお茶を買いました。熱々の芋ととろけるバターの相性は絶品です。

周りを見ると、これまであまりサツマイモを食べたことのない人々もおいしそうに食べていました。また、焼き芋を食べながら楽し気に談笑している人々も多く、このパーティーは成功したと言っていいでしょう。

「こんなおいしいものがあったなんて」

「確かにあまりこの近くで売っているのは見たことないが、もっと食べてみたいな」

そんな会話が聞こえてくる中、何人かの町人が私の方へやってきます。

「最近領内は悪いこと続きだったのですが、このような企画を開催していただき、ありがとうございます」

「我らも毎日ふさぎ込んでいたので楽しい催しがあると助かります」

そう言って彼らは深々と頭を下げました。

「いえいえ、私が好きでやっていることなので大丈夫ですよ」

「さすが奥方様。いらっしゃる前まではまた都のお高くとまったご令嬢が来るのかなどと思っておりました。噂に違わず、なんて心優しき方なのでしょう」

慣れた反応ではありますが、そう言われると苦笑するしかありません。

「今後はレリクス様もこのサツマイモの栽培を領内で推奨するとのことなので、おそらくもう少しすれば普通に買えるようになると思いますよ」

「それは楽しみです」

喜んでくれる街の人々を見て私はほっとしました。

とはいえ、今広場に集まっている人はこの街の人の一部ですし、この街に住む人々は伯爵領全体のほんのわずかにすぎません。領地全体の人々を幸せにするのはレリクスの仕事であるとはいえ、改めてその大変さを思い知りました。

こうして、私たちは嵐が起こる前のひと時を楽しんだのです。


「大変です伯爵様！　ロンドバルド河の上流でラーザン子爵が再び工事を行っているという報告が入りました！」

それから数日後、私がレリクスと夕食を食べようとしていると、血相を変えた家臣が飛び込んできました。

それを聞いたレリクスは手に持っていたフォークをとり落とします。

「何だと!?　それは貯水池を取り壊す工事ではないのか？」

「いえ、それが元々ある貯水池のさらに下流で新たな工事を行っている模様です！」

それを聞いたレリクスの目の色が変わります。

先日の交渉では資金援助する代わりにラーザン子爵は貯水池を破却するという合意をしたはずで

は!?

家臣の報告を受けたレレリクスは険しい表情に変わりました。

そんなレレリクスに尋ねます。

「子爵への支援金はもう送ってしまわれたのですか？」

「いや、それはまだだ。工事が進んでから送ることになっていた。金をだまし取られた訳ではないのだが、一体なぜ急に態度を変えたんだ？」

レレリクスは首を捻りました。

話を聞く限り、子爵は破却を先延ばしにすることはあっても新たに工事を始めるメリットはあまりなさそうです。すでに河の水量が減っている以上、二つ目の貯水池からは大した水量をとることはできないでしょう。

また、そうなれば下流の貴族たちから更なる反発を受けることは必至です。しかも一度署名した条約に背いている以上、王宮に訴え出れば工事は途中で中止させられるでしょう。当然工事自体にも費用と人手はかかります。

「今更反故にされる理由が全くわかりません……」

報告してきた家臣も首をかしげます。

「子爵領の者たちはどんな様子だ？」

「あまり詳しく探れた訳ではないのですが、彼らは貯水池を破却するつもりでいたのに、突然の増設工事計画に戸惑っているようです」

「なるほど。前から準備していたという訳ではないのか」

ということは急に気が変わったということでしょうか？　しかしレリクスの話を聞く限りラーザン子爵がそこまで気まぐれな性格とは思えません。

「となると、誰かが唆《そそのか》したということでしょうか？」

「かもしれぬ。私は中央の貴族からは嫌われているからな」

「一体なぜですか？」

中央の貴族と辺境の貴族が対立しているというのは知っていますが、辺境の貴族が中央を嫉《そね》むならともかく、向こうがこちらを嫌う理由は何なのでしょうか。

「私は基本的に領地のことで忙しいからご機嫌うかがいに行く暇もないし、かといってこの財政状況では贈り物をすることもできないからな」

確かに質実剛健なレリクスらしい理由です。

特にこの地は遠いので、一度王都に向かうだけでもかなりの出費になるでしょう。

そこでさらに疑問が浮かびます。

「王都にいた時、中央の貴族たちは皆、贅沢三昧な暮らしに見えましたが、彼らはどうしてあんなに豊かなのでしょうか？」

まさか皆が皆レリクスよりも領地経営に秀でていて、領地が豊かになっているのではないでしょう。土地の豊かさに違いはありますが、それだけでそこまで差がつくものでしょうか。

「理由は主に三つある。一つは我が領の辺境は魔物が出没するため、軍備にお金がかかること。次に、この辺りは元々作物があまりとれない上、水不足が続いていること。そして最後に、彼らは領民に重い税金を掛けているからだ。多少税金が軽くても魔物に襲われるような辺境に移住することを嫌う民は多いらしいからな」

「そうだったのですね……ということは私の実家もそうなのでしょうか？」

そう考えると急に罪悪感が湧いてきます。

「おそらくはな。とはいえ、彼らも領地の農民が死んでは困る以上、生かさず殺さずの統治を行っているはずだ。それで何もなければ問題はないが、ひとたび飢饉《ききん》や災害が起これば蓄えのない者たちは餓死してしまうかもしれぬ」

「なるほど」

華やかな生活の裏にそんなことがあったなんて……

「我が領は貧しくはあるが、今のところ餓死者は出ていない。これは私の唯一の誇りだ」

「そんな、唯一だなどと。おそらくレリクス様が王国で一番民のことを考えてらっしゃいます」

嫁ぐ前まで領地ではなく王都の屋敷にいたこともあって、内政にはあまり触れる機会がありませんでしたが、今では心からそう思います。

「そうだな。そなたがそう言ってくれるのは励みになる。だが、民のことを大事に考えるということは、ほかの貴族との付き合いがおろそかになるのだ。近隣の貴族とは魔物との戦いなどで手を取り合うことも多いが、中央の貴族に媚びを売る暇も財力もない」

今回のラーザン子爵の件もレリクスを嫌う貴族の誰かが裏で手を引いているということでしょうか。

でしたら、ここはむしろレリクスよりも私の出番かもしれません。

レリクスはおそらくもう十数年ほど王都を訪ねてはいません。だとすれば私の方がレリクスよりも王都の情勢には詳しいでしょう。

「レリクス様、もしよろしければ私が王都に行って様子を見てきましょうか？」

「何だと⁉」

レリクスは顔色を変えました。

「簡単に言うが、王都に行くのは街に遊びに出るのとは訳が違う。それに言っては悪いが、そなたに情報を探るあてはあるのか？」

「それは……」

レリクスの言葉に私は沈黙します。

悪い噂は流されているし、実家からは追い出されるように出てきました。王都の貴族たちとあまり親交がないのは私も同じです。私が行ったからといって有益な情報が手に入るとは限りません。

私が黙り込むと、レリクスはなだめるような表情になって言います。

「とりあえずこちらから子爵に問い合わせの使者を送りつつ、彼の様子を探らせる。その様子を見て考えようではないか」

「わかりました」

確かに、いきなり私が王都に赴くというのは少々勇み足のような気がします。彼にそう言われて私はやむなく引き下がるのでした。

シシリーの陰謀

レリクスが突然訪れて帰った後、ラーザン子爵は手紙を開いた。

手紙にはオルロンド公爵家の次女であるシシリーから、子爵領にある貯水池の拡大工事を行うのであれば公爵家より補助金を出す、という内容が書かれていた。

それを読んで子爵は首をかしげる。

たった今レリクスから貯水池を壊すように言われたのになぜ同時に正反対の要求が来るのだろうか。

しかも一貴族の内政に補助金が出るなど、なかなかないことである。よほどの大災害が起こった時ぐらいだろう。そもそも彼女にそんな権限があるのだろうか？

疑問に思った子爵はシシリーについて調べ、すぐにあることに気づく。

「そうか！　この方はケビン殿下の婚約者か。ということはこの方を味方につければ辺境伯風情《ふぜい》の面倒な要求に屈する必要もなくなるかもしれない！」

先ほどは争えば不利になると思って承諾したものの、せっかく造った貯水池を壊すのは嫌だ。辺境伯の圧力に屈しそうになったが、王家の後ろ盾があれば話が変わってくる。

なぜケビン殿下の婚約者が自分を応援してくれているのかはよくわからないが、それは訊いてみればいいことだ。

そう思った子爵はシシリーに対して一度会って話せないか、と返事を送った。


それから十日ほど経った日のこと。

子爵は適当な用件を作って王都へやってきた。そして王都にある空き家のとある一室で待っていると、そこにシシリーが現れた。部屋の外は家臣に見張らせているので誰かが入ってくることはないだろう。

部屋に入ってきたシシリーの姿を見て子爵は目を見張った。まだ幼いが、彼女は可愛らしく、ほのかに色気も感じる。彼女の美貌については噂に聞いていたが、これほどとは思っていなかった。

とはいえ、相手は殿下の婚約者であると思い出してその邪念を振り払う。

「本日は王都まで来ていただき、ありがとうございます」

「いえいえ、未来の王太子妃様のお頼みとあらば。しかしお送りいただいた手紙の件は一体どういうことなのでしょう？」

「実は、王都の貴族の間でロンドバルド辺境伯家に対する不信の念が高まっているのです。彼はほとんど王都へ出てきませんし、我らが主催するパーティーにやってこないどころか、代理人や贈り物の一つも持ってきません。そんな彼が水不足の件で困っていると聞き、子爵様に言いがかりをつけているとか。そこで私が子爵様を支援しようということになったのです」

実際のところ、レリクスは王都の貴族たちからの評判は良くなかったし、彼はパーティーなど時間と金の無駄だと思っていたので親しい貴族以外のパーティーは全て無視していた。

だからといってその腹いせに水不足を加速させるというのは少し子供じみていないだろうか、と子爵は思う。とはいえ王都の貴族の権力闘争など皆足の引っ張り合いのようなものだったと勝手に納得する。実際、子爵も似たような些細ないさかいで嫌がらせを受けて没落した貴族を何人か見てきた。

ちなみにシシリーはまるで自分の意見が貴族の総意であるかのように語っているが、全くそんなことはない。

しかし子爵はシシリーがあまりに当然のように話すので勘違いした。

シシリーは世界が自分を中心に回っていると思い込んでおり、自分の出まかせを既定の事実かのように語るのがうまかった。

そして初めて会った子爵はこれだけ自信満々に言うのだからそうなのだろう、と信じてしまう。

「なるほど。それはありがたいお申し出ですが、それは私が辺境伯と揉めた際、我が家の味方をしていただけるということでよろしいのですな？」

「もちろんです」

全くそんな確証はなかったが、シシリーは断言した。

もし中央の貴族たちが味方してくれれば、例えば揉めた時に彼らがロンドバルド伯爵家に異民族の討伐や堤防の普請などを命じて子爵家に文句を言ってくる暇をなくすことができる。

また、貴族同士で揉めた時、どうしても当事者間で合意できなければ中央の貴族たちの合議で調停が行われることがあるが、その際にも自分に有利な判決を出してもらえるだろう。

彼らが味方してくれるのであれば、十分に勝機はある。

しかし子爵としてもついこの間、辺境伯に会って書類に署名したばかりなので簡単に裏切ることはできない。もし自分が不利になった場合、王都の貴族たちも手の平を返して後押しを受けられなければどうなるか。最悪の場合、子爵がただ罰せられるだけになってしまう。

「では何か証のようなものをいただけないでしょうか？」

辺境伯と敵対するなら、王家から味方するという形に残る言葉が欲しかった。

もし伯爵と敵対した後に何かの間違いではしごを外されれば大変だ。

が、それを聞いたシシリーは言葉に詰まる。そのような証などある訳もなかったからだ。

「残念ですが、辺境伯と敵対する以上、ただの口約束という訳には……」

子爵が言った時だった。シシリーは目をうるませて彼を見つめる。

ケビン殿下には通じなかったが、彼女には相手が男であればどんな要求でも呑ませる演技力があった。

「子爵様、お願いです。どうかここは私のお願いを聞いていただけないでしょうか？」

「⁉」

そんな彼女の表情を見て子爵は動揺した。

彼には妻も子も領地にいるが、自分に向かって哀願してくるシシリーの表情、そして少し震える声を聞いて彼の男としての本能が反応してしまう。

必死に懇願するシシリーの様子を見て、彼は全てを投げ打ってでも彼女の希望を叶えなければ、という気持ちになってしまった。

「これでいかがでしょう」

さらにダメ押しとしてシシリーが差し出したのは、オルロンド公爵家の紋章が入った指輪である。

それを見て子爵は驚いた。この指輪は代々公爵家に伝わる大事なものだろう。簡単に他人に差し出していいものではない。

きっと今すぐに言質をとるのは難しくても、絶対にほかの貴族が味方するという確証があるに違いない。

「……では貯水池の件、全力で工事を行わせていただこう」

「ありがとうございます」

子爵の言葉を聞いたシシリーはほっとしたように息を吐く。

この時点ではシシリーは姉への嫌がらせに軽い嘘をついただけで、まさかこの件が王国を揺るがすような大事件に発展するとは思ってもいなかった。


それから一か月ほど経ったある日。

『工事を再開したら案の定、辺境伯から抗議の使者がやってきた。助けてくれ』

レリクスから届いた手紙を見てシシリーはついにこの時が来たか、と緊張する。

相変わらずシシリーに全く関心を示さないケビン殿下と違って、ラーザン子爵はシシリーを頼ってくれた。しかも自分を女として見てくれている雰囲気がある。

ケビン殿下と婚約する前の彼女ならそれを当然と思ったかもしれないが、今のシシリーにとって子爵は傷ついた自尊心を満たすために必要な存在だった。

最初はただの協力者としてしか見ていなかったシシリーも、今ではケビン殿下よりもラーザン子爵に執着していた。

辺境伯を陥れることに成功すれば、最近自分を差し置いて幸せになっているらしい忌々しい姉を不幸にもできるし、子爵は涙を流して自分に感謝するだろう。もしかしたらエリサも「実家に帰りたいから両親にとりなして」と泣いて頼んでくるかもしれない。そう思うとシシリーの口の端から笑みがこぼれた。こうして彼女はかねてから考えていたことを実行に移そうと決める。

まず、『すぐにレリクスをそれどころじゃない状況にします』と書いた返事を子爵に送った。

それから早速自分の友人たちを招いてお茶会を開く。

オルロンド公爵家の娘でケビン殿下の婚約者でもある彼女が知り合いの貴族令嬢を呼べば、付き合いのために他家の令嬢らは嬉々として集まってくる。滑稽なことに周囲の人間はシシリーと殿下をお似合いの夫婦だと思い込んでいたし、皆彼女の本性を知らなかった。

お茶会が始まると、シシリーは何げない風を装って言う。

「そう言えば最近噂に聞いたのですけど、ロンドバルド辺境伯が謀叛《むほん》のために領地に兵を集めているんですって」

「え、そうなの⁉」

「それは恐ろしいわ！」

それを聞いてほかの令嬢たちは驚きの声をあげた。

所詮彼女らも噂話を鵜呑みにする程度の思考の持ち主だ、とシシリーはほくそ笑む。

「確かに前から王都に姿を見せず、不気味だと思っていたのよね」

「父上も彼は偏屈だと言っていたわ」

辺境伯は予想よりも評判が悪かったらしく、元々彼女らが噂好きということもあって、すぐに同調してくれる。

が、やがて一人の令嬢がシシリーに気づかわしげな視線を向ける。

「でも、そう言えば……シシリーさんの姉上はそこに嫁いでいるのではなくって？」

「その通りです。でも最近姉上からは連絡がなくて……」

そう言ってシシリーはうなだれてみせた。

彼女がしょんぼりしていると、同性でも思わず同情してしまう魅力があった。

「まあ！　それはやはり辺境伯が何かを企んでいるからかもしれませんね！」

「きっと謀叛《むほん》がばれないように、お姉様を軟禁してるのですわ」

想像力豊かな令嬢たちは勝手に話を膨らませていく。

恐らく皆本気で言っている訳ではないだろうが、この中ではすっかり謀叛《むほん》は確定事項のように語られていた。

話半分だろうが、噂が広まればこっちのものだ。

が、そのうちの一人がふと首をかしげる。

「ところで辺境伯はなぜ謀叛《むほん》を起こすのでしょう？」

「え？」

「いくら嫌われているとはいえ、向こうが謀叛《むほん》を起こすというのには何か理由があるのでは？」

それを訊かれてシシリーは一瞬言葉に詰まる。そこまで考えていなかったのだ。仕方なくその場でそれらしいことを考える。

「あの領地はとても貧しいらしいし、きっと王国中心部にある私たちの豊かな領地が欲しいのではないかしら」

「なるほど、それは恐ろしいわ」

シシリーが咄嗟に考えた言い訳にほかの令嬢たちは頷く。

辺境は田舎で貧乏、という認識が彼女たちの間にもあった。

「それに私たちばかりが国の要職についていることを嫉《そね》んでいるとお姉様も言っていたわ」

さらにシシリーがそう付け足すと、彼女たちはそれがでっち上げとも知らずに、「恐ろしいこと！」「やはり辺境の貴族は野蛮ね」などと同調する。

令嬢のなかには内心首をかしげた者もいたが、かといって反論するほどの根拠もなく、辺境伯に対する思い入れがある訳もなかった。

その後、シシリーにそういう噂を吹き込まれた貴族令嬢たちはそれぞれ実家でその噂を話す。彼女たちはあくまで噂程度のつもりだが、いずれも権力ある実家を持つ者たちである。

単に噂として話す者、元々辺境伯を嫌っていた者、この機に辺境伯を失脚させようとする者までおり、瞬く間に噂は王都中に広がった。

シシリーはそんな様子を聞いてほくそ笑むのだった。

その数日後、かれこれ一か月ほどぶりにシシリーがケビン殿下に会うと、相変わらず殿下は関心がなさそうに言った。

「そう言えば最近、君は何か忙しそうだね」

実際、最近はラーザン子爵に会ったり噂を流したりするのに忙しく、なかなか殿下に会えなかった。そうでなくても別に会いたくはなかったが。

「そんなことありませんわ。ただ私、気づきましたの。あまり殿下に会いにくるとかえって迷惑になるということに」

「それはそうだ。だが、本当に僕のことを思うなら、きちんと事前に連絡して会いにきてくれるか、もてなしてくれる分には構わないよ」

相変わらずケビン殿下は図々しいことを堂々と言う。

だが、レリクスを失脚させようと熱中しているシシリーにとっては、もはや彼の機嫌を取ることなどどうでもいいことだった。

「ところで今、王都は噂で騒がしいようだが、君は何か知っているかい？」

ちょうどいい質問を受けた、と思ったシシリーはすかさず答える。

「はい！　実はロンドバルド辺境伯が謀叛《むほん》を企んでいるという噂を聞いたのです！」

「噂？　一体誰からだい？」

ケビン殿下が尋ねる。

「ラーザン子爵です」

シシリーは反射的にそう答えてしまった。

それを聞いてケビン殿下は一瞬眉を顰《ひそ》め、何かを考えたようだが、すぐにいつも通りの澄ました表情に戻る。

「そうか。君はなぜか辺境伯を陥れようとしているようだけど、余計なことをするのはやめてくれないか。気の早い者は辺境伯に詰問の使者を送ろうなどと言い出しているし、下手したら僕まで無用な仕事が増えるかもしれない」

「え？」

ケビン殿下の言葉にシシリーは束の間、凍り付く。

もしや、自分の企みは全てばれているのでは⁉

「相変わらず君はお茶の淹れ方がうまいね。次会う時までにもっと精進しておいてくれ」

だが、ケビン殿下がそれ以上は追及しなかったため、ばれたと思ったのは勘違いだったかと思い直すのだった。

第五章　因縁の対決

ラーザン子爵の貯水池増設工事の噂に心はざわつきましたが、私にできることは何もありません。厨房の手伝いやレリクスの事務仕事の手伝いなどをしてしばらくは穏やかな日々を過ごしました。が、一か月ほど経ったある日、いつものように朝起きると屋敷内がいつになく慌ただしい様子でした。しかも尋常ではなく空気がぴりぴりしているのです。いつもは忙しい時でも穏やかな雰囲気なのですが、今日はかなり殺伐としていました。

急いで服を着替え、緊迫した表情で走り回っているマルクに声を掛けます。

「一体何があったのですか⁉」

「これは、エリサ様！」

マルクは慌てた様子で振り向きました。

「実は王都の方でレリクス様が謀叛《むほん》を起こそうとしているという噂が広がっているのです！」

「何ですって⁉」

驚きのあまり、声が大きくなりました。

レリクスが謀叛《むほん》など見当違いも甚だしい。

どうして、どこからそんな噂が？

「王都での噂がここまで届いたというのですか？　誰が何のために、そんな根も葉もないことを？」

「詳細はよくわかりません。しかし考えるに、恐らくラーザン子爵がその噂を流したものかと」

確かに子爵でしたら、レリクスを陥れる動機は明確に存在します。

レリクスと条約を結んだものの、やはり貯水池を壊すのが惜しくなったのでしょう。

「何ということかしら。貯水池を壊したくないからといって、そんなことまでするとは」

「噂によると、自領が貧しくなったため、王国内部の豊かな農地を手に入れるために辺境領より軍勢を出そうとしているとか、レリクス様が王都へ来ないのは自領に軍勢を集めているのが後ろ暗くなったからだとか」

それは……おかしいですね。謀叛《むほん》の噂にしては内容が稚拙過ぎないでしょうか。

辺境伯家の領軍は普段魔物に備えるために領内の各地に散在し、最近一か所に集められた訳でもありません。

また、いくら領内が貧しいからといって中央の貴族の領地を奪い取るというのは発想が単純過ぎます。乱世でもないのに奪った土地がそのまま手に入るはずもありません。

少し調査が入れば噂が全くの嘘であることはすぐにわかるでしょう。

それに、仮にラーザン子爵本人が噂を流すのであれば、「ロンドバルド河の工事の件がこじれて現地の家臣同士が揉め、危害を加えられた」というような、もう少し具体的な内容になる気がするのですが。

それとも噂なので広がる間に内容までも大ざっぱになってしまったのでしょうか。

「それで、今はどういった状況ですか？」

「実はすでに中央の大貴族の方も何人か信じてしまったようで、王都から我が家に向かって詰問の使者が出発しそうとのことです」

「一体なぜ……」

「おそらく、レリクス様を陥れたい者や深く考えずに話している者が噂を広めたのでしょう」

なるほど。この雑な内容の噂が広まっていることに少し納得しました。

確かに王都でのレリクスの評判の悪さを思い出すと、この機に乗じて嫌がらせをしようと企む者がいても不思議ではありません。

「何ということでしょう」

もはや事態は抜き差しならないようです。

こうなれば私も手をこまねくことはできません。対応が遅れれば、本当に何らかの処分が下されてしまいます。

私は急ぎレリクスの元に向かいました。

レリクスは自室で家臣たちにせわしなく何かを指示しています。

「エリサか。何の用だ」

「聞きました、レリクス様に謀叛《むほん》の噂が流れているようですね」

「ああ、その通りだ」

レリクスは苦々しい表情で頷きます。

私は意を決して口を開きました。

「やはり、私が王都に赴きます」

「状況を変えるあてはあるのか？」

彼は真剣な表情で尋ねます。

今度はレリクスも事態の大きさを知ってか、私を止めようとはしませんでした。

「はい。こちらに来た時に縁を切ったつもりでしたが、父上に話を聞いてみようと思います。父上としても、いくら追放同然とはいえ娘の嫁ぎ相手が謀叛《むほん》人にされるのは嫌でしょう。また、ケビン殿下も一目会うぐらいはしてくださるかもしれません」

父上は私を全く信じてくれていませんでしたが、王都の状況を教えるぐらいはしてくれるかもしれません。

レリクスには言いづらいですが、ケビン殿下も私が一方的に嫌っていただけで、彼は私を嫌ってはいなかったように思います。もっとも、私がほかの男に会っているという噂が流れる前の印象ですが。

もちろん、王都、特に私を嫌っている実家に戻るのは全く気が進みません。

しかしこのままではレリクスに大きな災難が降りかかるでしょう。

私にできることは王都の情勢を探ることぐらいです。この地で不器用ながらも私を受け入れてくれたレリクスを助けるため、そして今の私の居場所を守るため、私も過去を乗り越えなければ。

私の決意を聞いて、レリクスは仕方ないとため息をつきました。

行かせたくない気持ちはあっても、この状況下ではそうも言っていられない、ということなのでしょう。

「わかった。そこまで言うなら止めはせぬ。むしろ王都の状況に詳しい者がほかにいなくて困っていたところだ。マルクを供につけよう。二人で向かってくれるか」

レリクスの言葉からは私を心配する気持ちが感じられます。

「ありがとうございます。噂の解決は無理かもしれませんが、状況の把握ぐらいはしてみせます」

「気を付けてくれ。何が起こっているのかわからない上に、とてもよくない予感がする。難しそうなら無理に動き回らず、身の安全を優先してくれ」

「わかりました。お気遣いありがとうございます、絶対に無事に帰ってきます」

「ああ、それが一番重要な役目だ」

レリクスは強い口調で言い、ためらった後、私をぎゅっと抱きしめました。

突然のことに驚き、同時に胸が温かくなります。

嫁いできた時はまさかレリクスとここまで深い関係になれるとは思っていませんでした。だからこそ、何としてでもこの事態を解決しなければなりません。

「はい。それでは準備してまいります」

そう言って部屋を出て旅支度を始めました。


それから私はマルクとともに馬車の旅に出ました。

屋敷を出た直後は状況がどうなっているのか気がかりで居ても立ってもいられませんでしたが、しばらく馬車に乗っていると、やがて今はどうにもできないということがわかり、かえって落ち着いてきました。

マルクがそっと尋ねてきます。

「王都に着いたら最初はどちらに向かうのでしょうか?」

「とりあえず実家に向かうつもりです。一応早馬でその旨は伝えてありますが、どうなるものか」

返事がくるのを待たずに出発してしまったので、反応はわかりません。先日のレリクスとの結婚式の時は何の反応もなかったので、依然として私にいい感情は持っていないでしょうが……。レリクスには力強く宣言して出発したものの、やはり不安です。

こうしてお互い口数も少なくなったまま、馬車は王都に到着しました。

相変わらず王都はきれいな服をまとった多くの人が行きかい、賑わっています。王都の平民と、ロンドバルド家の人々を比べても着ている服はそんなに変わりません。また、辺境伯領では見かけない高価な物品も当たり前のように店頭には並んでいます。

そんな光景を見て王都に来るのが初めてだと話すマルクはしきりに感心していました。

こんな時でなければ久しぶりの王都をゆっくり観光したかったですね。今度来る時はレリクスと一緒に……、まあ、それはさておき、かって知ったるオルロンド公爵家の屋敷に急いで向かいました。

私が屋敷を訪れると、門にいた使用人の男はまるで幽霊でも見たかのように驚き、逃げるように屋敷内へ入っていきました。

少しして私もよく知っているオルロンド家の執事がやってきます。彼はお面のような無機質な表情で、儀礼的に頭を下げました。

「お嬢様、お久しぶりでございます。そちらの方は？」

「ロンドバルド家の執事マルクです」

私が紹介するとマルクは恭しく頭を下げます。

「中へどうぞ」

そう言って彼は私を応接室に案内しました。

そこには気難しい表情の父上が待っていました。

その顔を見ると嫁ぐ前のいざこざを嫌でも思い出します。

彼は開口一番、険しい声で言いました。

「一体、何をしに来たんだ？」

「ロンドバルド辺境伯が謀叛《むほん》を起こすという根も葉もない噂が王都で流れているそうですね？　それについての事情を確認しに参りました」

「そうか。まったく、お前のせいで我らは謀叛《むほん》人の妻の実家と言われて肩身が狭い」

父上の吐き捨てるような言葉を聞いて激怒しそうになりました。

私の嫁ぎ先を一方的に決めたのは父上なのに、そこまで勝手な言い分が許されるというの？

大体、本来ならこういう時こそ率先して事態の究明に動くべきでは⁇

「早く辺境伯を王都に連れてきて、釈明するよう伝えてくれ」

「辺境伯領から王都までは片道七日以上の旅路です。領地を離れ、気軽に来るところではありません」

「何が気軽に来られない、だ。今は謀叛《むほん》の疑いが掛かっているのだぞ！」

苛立っている父上を見てこれが王都の貴族の認識なのだ、と改めて実感します。

とはいえ、私もレリクスの元に嫁がなければ、ずっとそのような認識のままだったのかもしれません。

これはきちんと反論して偏見を解かないといけなさそうですね。

私は怒りをぐっとこらえて辺境伯家の事情を説明します。

「父上、辺境伯領は王国内側の肥沃な領地と違って貧しく、加えて魔物との戦いに軍事費もかかるため、常に質素な暮らしをしております。領民に重税を課してパーティーやお茶会に明け暮れている中央の裕福貴族とは違うのです」

「何だと？　お茶会はともかく、パーティーは情報収集や人脈作り、根回しなどに必要な場だ！お前は田舎貴族の考えに染まったのか⁉」

別にパーティーやお茶会を遊びだと言ったつもりはないですが、父上は声を荒らげました。

自分の娘が嫁いだ先に謀叛《むほん》の疑いを掛けられて、相当苛立っているようです。

激怒したいのは私の方ですが、我慢して話を続けます。

「では父上、辺境伯が謀叛《むほん》を起こすという噂には何か根拠があるのでしょうか？」

「辺境伯は全く王都に顔を出さない上に、我らにもほとんど贈り物をしない。辺境の地では何が起こっているのかもわからん。これでは疑われるのも当然だろう！」

「では噂の出どころはどこでしょうか？」

「そ、そんなことはどうでもいい！　こういう噂が立っているのに、釈明の一つもしようとしないのが問題なのだ！」

おそらく父上はレリクスにも私にもいい感情を持っていないため、そもそも中立的な立場で話を聞くつもりはないのでしょう。

父上は釈明に来ないのが悪い、と言いますが、こんな噂が流れる王都に釈明に来ても絶対にいい結果にはならないでしょう。

そう言えば私に噂が立った時もそうでした。噂が立ったことが問題だ、とだけ言ってろくに私の話も聞いてくれませんでしたね。

父上の返答を聞いて暗澹たる気持ちになります。

「とはいえ、わしはこの話を知り合いの貴族たちから聞いたが、皆娘からお茶会で話されたと言っていたな。貴族令嬢にまで疑念を持たれるとはレリクス伯の評判はもはや地に落ちた。いっそお前を離縁させて早めに辺境伯との縁を切った方がいいかもしれん」

父上は真顔で首を捻り始めます。

勝手に離縁させられるなど冗談ではありません。そろそろ我慢もできなくなってきましたが、ここで口論になれば私をレリクスから引き離すために、最悪今この場でこの家に軟禁されてしまうかもしれません。

貴族令嬢から話が広まったのであれば、シシリーに話を聞けばわかるでしょうか。

しかし、シシリーが私の質問に素直に答えてくれるとは全く思えません。それならまだ赤の他人に聞いた方がましですね。

諦めて席を立ちます。

「わかりました。でしたら私はもう行きます」

「おい、どこに行くつもりだ」

「それをお話しする義理はありません。父上がただ噂の真相をお調べにならず、このまま放置されるのであれば、自分で調べるというだけです」

「おい、父親に向かってなんてことを言うんだ」

どうせ私のことなんて都合のよい駒ぐらいにしか思っていない癖に、こんな時だけ父親という立場を持ち出すなんて。

そんな思いを噛み殺して私は屋敷を出るのでした。

「まったく、公爵ともあろう方が、ひどいですね！」

少し歩いて屋敷が見えなくなった瞬間、マルクが私の方を見て愚痴をこぼします。

同意見だったので苦笑しながら答えました。

「そもそも、私が未婚なのに、ほかの男と密会を繰り返しているとあらぬ噂を立てられたせいで、父上は私をよく思っていないのですよ。ロンドバルド家が王都でよく思われていないのは、レリクス様がご自身でおっしゃった通りです」

「だからといって、そんな好きとか嫌いとか、個人の感情で政治を行うなんて……中央の貴族は皆こうなのですか⁉」

レリクスは中央貴族のことをある程度知っていて達観している節がありますが、初めて現状を目の当たりにしたマルクはかなり腹を立てています。

自分より腹を立てている人が隣にいると逆に落ち着いてくるとはよく言いますが、今の私はまさにそんな心境でした。

「そうですね、これまでは当然だと思っていましたが、確かに『好きとか嫌いで政治を行う』という表現はぴったりくると思います。彼らが日夜パーティーとお茶会を繰り返しているのは遊ぶのが好きだからではありません。ここではいかに人脈を作りあげ、他人によく思われるかで、その家の行く末が決まっていくからなのです」

盛大なパーティーを開き、出席者にたくさんのご馳走を振る舞い、広い庭ときれいな屋敷を見せ、その評判でいい職につけてもらう。

今となってみるとどうしてそれを当然に思っていたのか、自分でもよくわかりません。

「なるほど、それでレリクス様は頑なに関わろうとしなかったのですね」

「そうですね。年に一度パーティーに出席する程度では焼石に水、もしくは田舎者と蔑まれて終わるだけでしょう。それならいっそ全く関わらないという、今のやり方は正しいのかもしれません」

マルクは感心したように頷きます。

父上は「辺境がどうなっているのかわからない」と言っていましたが、中央では他領の状況はパーティーやお茶会での会話によって知るのが常識となっています。自ら積極的な情報収集を行っていないから知りえないのでしょう。

つい数か月前までは王都で暮らしていたはずなのに、今ではまるで異国のように遠く感じます。

「ところでケビン殿下はどのようなお方ですか？　確か奥方様の……前の婚約者でいらっしゃったのですよね？」

マルクは少し言いにくそうに尋ねました。

「そうですね。ですが、特に仲が良かった訳でもないし、お互い政略結婚と割り切っていたのでそんなに気にせずとも大丈夫ですよ。殿下の性格を一言で言うのであれば……彼は自分以外にはほとんど関心がない方ですね」

「それはどういうことでしょうか？　噂では文武両道で次期国王として大変期待されていらっしゃると聞いておりますが」

マルクが不思議そうに首をかしげました。

そうですね、彼は外面だけは良いのです。

ケビン殿下の本性を他人に話していいのかどうか少し迷いましたが、マルクならいいでしょう。

どうせ私たちが中央と関わることは、ほぼないでしょうし。

「そのままです。彼は自分の楽しみや自分のためになること以外には、何の関心もないのです。私と一緒にいる時も、常にご自分のことを考えていました」

「そうなのですか⁉　それは大変そうですが……とはいえ、評判はいいのですよね」

「ええ。おそらく、私のような婚約者や身内にだけはそういう素顔を晒《さら》していますが、普段はそういう部分を見せないように演技しているのでしょう。それに武術に優れ、聡明というのも嘘ではありませんし」

貴族の当主や王家の家臣たちに命令を出したり、会議に出たりする時は、彼は有能な王子として振る舞っているようです。

周囲の話を聞く限り、単なる擬態というよりは本当に優秀なようでした。

「何というか……奥方様も苦労なされていたのですね」

「あはは、まあ、そうですね」

マルクの言葉に私はまた苦笑してしまいます。


マルクと話しながら歩いているうちに、久しぶりに見る王宮が近づいてきます。

ロンドバルド辺境伯領の風景を見慣れていると、まるで嘘のようにローザン王国の王都は栄えています。街の中心に立つ王城は堅牢な城壁に囲まれ、広い庭園とたくさんの建物、さらに中央にそびえ立つ五層からなる主殿があります。

城壁は全て白く塗られ、庭には建国の英雄や歴代王の銅像、噴水、そして王国各地から集められた珍しい花などが咲いていています。

その様子は辺境の質素な屋敷ととても同じ国のものとは思えません。

マルクは唸り声をあげました。

「これが王城ですか……思っていた数倍も壮大な規模ですね」

「はい。このようなところで暮らしている貴族たちに、辺境の窮状を理解せよというのは難しいことなのかもしれません」

「そんな……」

そんなことを話しつつ、私たちは城壁の扉の前に立つ守衛に用件を告げます。

「ロンドバルド辺境伯の妻、エリサです。ケビン殿下にお取り次ぎ願います」

「殿下ですか……少々お待ちください」

いきなり殿下に会いたいと言ったので守衛は驚きます。

殿下には手紙を出しましたが、彼が会ってくれるのか、そもそも手紙をきちんと読んでくれたのかすらわかりません。

私は少し緊張しながら返事を待つのでした。


王宮に通され、そこで殿下からの返事を待っていると、周りをかつては知り合いだった方々が通っていくのが見えます。

彼らは私に気づかなかったり、気づいても無視したり、会釈だけして通り過ぎたりとさまざまな態度でした。

そんな中、かつて何度かお茶会でご一緒したことある令嬢方が三人ほど、連れ立って歩いていくのが見えました。実家にいたころは何とも思わなかったのに、不思議ですね。辺境に行ってからはほぼ縁がなくなったきれいなドレスを当たり前のように纏《まと》っていて、少しまぶしく思えます。

そこで父上が、例の噂は令嬢たちのお茶会で広まったと言っていたのを思い出します。

我が家にパーティーやお茶会の誘いがくると、どういう訳か長女の私ではなく、次女のシシリーが行くことに決まっていたのですが、一応私もそういう集まりに出たことがあります。なので彼女たちとも親しいというほどではありませんが、顔見知りでした。

いつもなら余計な人間関係は煩わしいと思って適当に会釈だけしてやり過ごすのですが、今は私の行動次第で辺境伯領の運命が変わることすらありえます。苦手とか煩わしいで避け続けている場合ではありません。

意を決して彼女たちに声をかけることにしました。

「お、お久しぶりです」

「あら、エリサさん、お久しぶり！」

「しばらくぶりね！」

彼女らは驚きつつも挨拶を返してくれます。

すると一人が少し心配そうな表情で尋ねました。

「そう言えばエリサさんはロンドバルド辺境伯に嫁いだのでしたよね？　今、彼が謀叛《むほん》の準備をしているという噂が流れていますが、大丈夫ですの？」

父上と違って彼女らはそこまで悪意はなく、純粋に心配そうに尋ねてきます。

もしかしたら辺境に嫁がされたことで可哀想と思われ、同情されているのかもしれません。

「その件なんですが、謀叛《むほん》の噂というのはどこから出たかわかりますか？　レリクス様は謀叛《むほん》を起こすような方ではありません」

私がそう答えると、彼女たちはほっとした様子で答えてくれます。

「そうですわよね！　あなた、どこから噂を聞いたか、覚えています？」

「うーん……私もまた聞きみたいなものだし」

私の問いに彼女たちは顔を見合わせて考えこみます。噂話など次々と伝わってしまうので出所がはっきりわかるものではありません。

が、やがて一人がはっとした表情で口を開きました。

「そう言えば、最初に聞いたのはシシリーさんからだった気がするわ！」

「え、シシリーが!?」

それを聞いて私は耳を疑います。

万一、噂が事実だと思われてレリクスが謀叛《むほん》の罪を着せられた場合、私の実家も巻き込まれる可能性があります。もし罪を受ければ、妹だってこれまでのような贅沢な暮らしはできなくなるかもしれません。

それなのになぜシシリーはそのようなことを言い出したのかしら。私を追い出すだけでは飽き足らなかったの？　それとも、そこまで考えが及ばなかったのでしょうか。

「ええ、彼女も誰かから聞いたのかもしれないから、確定って訳じゃないけど！」

その令嬢は私の反応を見て、フォローするように言います。

もっとも、仮にシシリーが他人から聞いたとしても、自家に関わることを言いふらしている時点で相当良くないですが。

「でも言われてみれば、私の友人もシシリーさんから聞いたって言っていたような」

「そんな……」

暗い気持ちになってきました。

元々彼女は私を嫌っているようでしたが、今回の件は嫌がらせの度を越しています。

「ま、まあシシリーさんは噂話が大好きなだけよ」

「そ、それに謀叛《むほん》の噂が、ただの噂だったみたいでほっとしたわ」

私が呆然としているのを見て、彼女たちが必死でフォローしてくれるのが逆に辛いです。

「ところでエリサさんは今日はどうして王宮に？　確か辺境伯領は遠いのですよね？」

「ええ。実はその件で噂の出どころを調べているのです。それから噂は嘘だという説明をしに」

「なるほど。頑張ってくださいね」

「幸運をお祈りしますわ」

そう言って彼女たちは去っていきました。

私はあまり格式ばったパーティーやお茶会は好きではありませんでしたが、彼女たちは気のいい人々でしたし、実家にいたころにもう少しだけ親密になっておいても良かった、と後悔しました。

そこへ、彼女たちと入れ替わりに兵士が一人歩いてきます。

「ロンドバルド夫人、殿下より謁見の許可が出ましたのでこちらへどうぞ」

「ありがとうございます」

私はごくりと唾を呑み込みます。

殿下との対面ですが、ちゃんとコミュニケーションできるでしょうか。

ですが婚約者であるケビン殿下でしたら、シシリーのことも何か知っているかもしれません。私はいろんな意味で緊張しながら兵士について歩いていきました。


「失礼いたします」

「やあ、久しぶりだねエリサ」

久しぶりにケビン殿下の部屋に入っていくと、相変わらず彼は優雅に紅茶を飲んでいます。

調度品の一つ一つまでこだわった室内で紅茶を飲む姿はまるで絵画のようでした。

そして私に対してほとんど関心がなさそうな態度も変わりありません。

「座りたまえ」

「失礼いたします」

私はケビン殿下の向かい側に座ります。

気のせいか、前に来た時よりもケビン殿下の正面にある鏡が大きくなっていました。どうやらナルシストっぷりも相変わらずのようです。

「そうそう、そう言えば僕はずっと君に聞こうと思っていたことがあったんだ。君は一体何で僕の婚約者をやめたんだい？」

こちらから用件を切り出すはずが、殿下の方から質問されて驚きました。

しかもやめた、というのは意外な尋ね方です。

私はてっきり殿下が苦情を言って婚約者を代えさせたのかと思っていました。

「あの、殿下が言われたのではなかったのですか」

「ある日突然オルロンド公爵から婚約者が代わった、とだけ告げられたんだ。さすがの僕も少し困惑したんだが……君の意志ではなかったと？」

まさか殿下が婚約者を代えさせた訳ではなかったとは。

ということは殿下は本当にただ噂に対して苦情を言っただけだったのでしょうか？

しかし普段は他人に関心のない彼ですが、今だけは声に非難するような冷たい響きが混ざっています。私はそれを聞いて、驚きだけでなく背筋が凍り付くような恐怖を覚えました。

確かに人一倍自己愛が強い彼からすると、噂について釈明もせず私が婚約者を下りたのは不愉快だったのかもしれません。

いい加減なことを言うと状況が悪化すると思った私は深呼吸してから答えます。

「殿下に何も申し上げず、誠に申し訳ありません。噂は事実無根ですが、私の父の判断で殿下の婚約者がそのような噂が立った者ではふさわしくないと、婚約者を妹に変更されました」

「それは僕も聞いた。しかし事実無根だと言うのであれば、なぜそんな噂が立ったんだい？」

殿下は静かに、けれども本当にほかの男と会っていたのであれば不愉快だ、という気持ちを滲ませながら尋ねてきました。

プライドが高い彼にとって、自分の婚約者が自分以外の男を選んだのが不愉快なのかもしれません。

私は再び考えます。おそらくシシリーが噂を立てたのでしょうが、それこそ証拠がありません。証拠がないのにシシリーを名指しすれば、ケビン殿下の怒りを買うかもしれません。

しかしここで何も言わなければ、それこそ私の行いに問題があったとなってしまうでしょう。それは困ります。

「私の妹、シシリーは殿下との婚約を望んでいました。そのため、私に何度も殿下との婚約を代わってくれるように頼まれました。もちろん断ったのですが、その直後に私の不名誉な噂が流れました。そのため、私は彼女を疑っています」

これはあくまで事実。このように殿下に述べても、彼女を陥れようとしているとは言えないでしょう。

殿下は納得したように頷きます。

「なるほど、そういうことか。普通の人は僕との婚約をみすみす捨てるはずがないからね。他人に陥れられたなら仕方ない。とはいえ、それでも君にはどうにか妹が噂を立てたという証拠を押さえて、僕の婚約者に留まろうとしてほしかったがね」

「え⁉」

私はいろんな意味で殿下の言葉に驚きました。

いつも通りのナルシストぶりはさておき、確かに王子の婚約者という地位は得難いものですが、まさか自らそこまで言うとは。数か月離れていても相変わらずのようですね。

次に、私がシシリーに陥れられたと言ったのを、あっさり信じたことです。

これまで私とシシリーの言い分が食い違った時に、私の言い分を疑いもなく信じた人はいませんでした。例外が殿下であったのは激しく複雑な気持ちですが。

そして最後に、彼が私に婚約者の地位に留まろうとしてほしかったと言ったことです。

婚約者なんて誰でもいい素振りをしておきながら、私が殿下に執着しないのは不満なのでしょうか。

私は殿下へ訊き返します。

「ということは、殿下は私の言うことを信じてくださるのでしょうか？」

「もちろんだ。僕はこれでも、君が婚約者でなくなったことに絶望しているんだ」

「は？」

思いもよらぬ言葉に変な声が出ました。

まさか殿下にそこまで高く買われていたとは。まさか彼の口から絶望という言葉が飛び出してくるとは。

「当然だろう？　僕の隣にふさわしいのは王妃としての品格がある人物だ。君にはその素養があるが、あの女にはそれがない。せいぜい侍女長が席の山だ」

「あ、ありがとうございます？」

彼が実は私を高く評価していた……

同時に、やはり殿下は私を好きだった訳ではなく、ほっとしました。単に完璧な自分の婚約者は、完璧な人物であってほしいというだけのこと。彼に褒められてもそこまで嬉しくはないですが、優秀な人物に器を認められたというのは誇らしい気がします。

そして、あの女というのはシシリーのことでしょうか。

私が王妃にふさわしく、シシリーは侍女長に過ぎないという評価にはくすりと笑ってしまいますね。

「そもそも殿下が父上に私に変な噂があると苦情を入れたのではないでしょうか？」

「もちろんだ。だって僕という完璧な婚約相手がいるのに、浮気をするなんて許せないだろう？　もし変な男に嵌まっているのであれば、男を見る目を鍛え直してほしくてね。それなのにいつの間にか婚約者が代わって驚いたよ。こんなことならオルロンド公爵が婚約者を代えると伝えてきた時に一言、言っておけば良かった」

そう言って彼はため息をつきました。

なんと。別に婚約者を代えてほしかった訳ではなく、本当にただ苦言を呈しただけだったのですね!?

殿下直々に苦情が来たと聞いた時は、私も殿下に嫌われていると思いましたが、そうではなかったとは。

呆然としていると殿下はなおも言葉を続けます。

「僕ぐらいになると、一目見ただけで相手の器は大体わかるからね。シシリーは元々器が小さいとは思っていたが、君の話を聞いて確信したよ。そんなくだらない噂で君を陥れるなんて、侍女長どころか噂好きな平侍女にもなれないね。もっとも、それに惑わされた公爵も愚かだし、それに膝を屈して辺境伯夫人に収まった君も君だがね」

「お言葉ですが、私はレリクスの妻であることに誇りを持っています」

褒めてもらえるのはいいですが、最後の言葉は受け入れられません。

私が毅然と反論すると、ケビン殿下はため息をつきます。

「はあ、僕よりいい男なんてどこにもいないと思うけどね」

「……」

こちらが否定しづらいのをいいことに、好き放題言われますね。

「全く、君の妹は本当に国にとっての癌のような存在だ。今回も、辺境伯の謀叛《むほん》などと突拍子もない噂を流したのはシシリーだろうしね」

「へ？　なぜそれを⁇」

殿下の言葉に私は今度こそ本当に驚きました。

一体なぜ殿下がそこまで知っているのでしょうか。

「まあ、確証がある訳ではないけど九割以上そうだと思っているよ。僕と婚約した当初のシシリーはやたら僕に媚びてきたが、ある時を境に、ぴたりと僕への関心をなくしたんだ。その時なぜか急にラーザン子爵領の貯水池がどうのとか言い出してね。面倒なだけだと思って深く話を聞かなかったんだけど……ちょうどその少し後からロンドバルド辺境伯とラーザン子爵は揉めるし、辺境伯が謀叛《むほん》を起こしたという噂が流れ始めた。君には申し訳ないけど、おそらく君の妹が何かしらの関与をしているだろうね」

「そんな……」

殿下の言葉を聞いて呆然とします。

謀反の噂だけでなく、ラーザン子爵にレリクスとの約束を破るよう唆《そそのか》したのも、彼女が絡んでいるとは。

「シシリーが殿下に頼んだのは今ある貯水池を壊してほしいという話ではなく、さらに増やしてほしいという話だったのでしょうか？」

「ああ、そうだったと思うよ」

「何ということでしょう……」

私はがっくりと肩を落としました。

信じたくはありませんが、ここまで聞いてきた令嬢たち、殿下の発言から考えるとそうとしか思えません。

要するにシシリーは最初から最後までレリクスを陥れるために行動していたのでしょう。最初はケビン殿下の命令で貯水池を増築させようとして失敗し、そのため殿下に頼らずにラーザン子爵を唆《そそのか》し、彼がレリクスと対立したところでレリクス謀叛《むほん》の噂を流す。

やっていることは陰謀と言えるほど高度なものではないですが、何が何でもレリクスを窮地に立たせようという強い意志を感じます。

「一体なぜそんなことを」

「残念ながら僕には凡人の気持ちはわからない。とはいえ、この件がこじれて本当に辺境伯が謀叛《むほん》を起こしたり、この期に乗じて彼を恨んでいる貴族が彼を追い落とそうとしたりすると困るんだ。僕が治める国は平和でなくてはならないからね。それに辺境伯が失脚したら、誰が代わりにあの土地を治めるというんだ？　それで困っていたところに君が来たという訳だ。妹の不始末の尻ぬぐいをするのは姉の仕事だと思わないかい？」

そう言ってケビン殿下は私をじっと見つめます。

ここまで大事になった事件にそのような論理を適用するのはどうかと思いますが、私としてもレリクスのために噂をどうにかしたいですし、シシリーの行動も許せません。

「わかりました。私にできることがあればいたします」

「うむ、いい答えだ。早速だが、今回の件で具体的にシシリーが何をしたのかを探ってほしい。噂を流したのも、シシリーではなくラーザン子爵の手先がやった可能性もゼロではない」

とはいえ、先ほど聞いた話と併せて考えると、ほぼシシリーで確定でしょう。

「そして噂を流した犯人がわかれば、その人物から話を聞いたという証人数人を確保してほしい。あとラーザン子爵とシシリーの間でどういう話になっていたのかも突き止めてほしいね。単なるロンドバルド伯への嫌がらせなのか、それ以上の事情があるのか」

「わかりました」

「一応調査の際に必要になるかもしれないから、僕の命令書も渡しておこう」

そう言ってケビン殿下はさらさらと一枚の書類をしたためました。

ケビン殿下の命令ということがわかれば、調査もスムーズに進むことでしょう。

「ではよろしく頼むよ。あと、できるだけ早くしてくれたまえ」

「はい。それでは失礼いたします」

そう言って私は殿下の部屋を出ました。


部屋を出た私は、はあっとため息をつきます。

ケビン殿下は相変わらずで、話すだけで疲れました。

しかし婚約者時代に私には見せなかった有能さの片鱗を見た気がします。その優秀さを自分のためではなく、国のために使ってほしかったのですが。

そもそも本来、こういう調査は私に丸投げするのではなく、殿下が自身で指揮をとって配下にさせるべきことなのでは……。彼にそこまで信用されていると思うとさらに複雑な気持ちになりますが。

ともあれ、殿下のためではなく、私は自分とレリクスのためにこの件の真相を突き止めなければなりません。そう決意して、急ぎ足で王宮を出るのでした。


さて、ケビン殿下の命令書を手に入れた私は少し考えた末、実家の屋敷に戻ります。

真相は大体把握して後は直接的な証拠を手に入れるしかない以上、シシリーの部屋かラーザン子爵の元へ向かうほかありません。

私が屋敷に戻ると、応対したメイドは露骨に嫌そうな顔をしました。また面倒なやつが戻ってきた、とでも思われたのでしょうか。

どうせ実家との関係は極限まで悪化しています。もはやオブラートに包む必要もないでしょう。

私は腹をくくって宣言しました。

「今回はオルロンド公爵家の娘として帰省した訳ではありません。ケビン殿下からとある調査命令を受けてやってきました」

「わかりました、旦那様に伝えてまいります」

そう言ってメイドは屋敷の中に戻っていき、ほどなくして私は再び父上の元に通されます。

彼の表情は私に対応するわずらわしさを隠そうともしません。

「一体今度は何の用だ」

「ロンドバルド辺境伯謀叛《むほん》の噂の件で、ケビン殿下より正式に命を受けたので調査しにきました」

「何でお前が？」

父上が苦々しげに言います。

それについては私も同意見ですが、今はそれはおいておきましょう。

「殿下曰く、妹の尻ぬぐいは姉がやれとのことでした」

「妹？　シシリーが何をしたと言うんだ！」

父上が声を荒らげました。

「殿下の見立てによると、今回の謀叛《むほん》の噂はシシリーが流したのだと」

「何だと？　シシリーがそのようなことをするはずはない！　そんなことをして我が家の家名に泥を塗れば、困るのはシシリーも同じではないか！」

全くの同意です。

しかし、残念ながら状況証拠的に彼女は黒に近い灰色でしょう。

それにしても私に噂が立った時と、シシリーの時では父上の反応はえらい違いです。私の時は噂が立っただけであんなに怒ったのに。そんなにシシリーが可愛いの？

「大体、いくら殿下の命だとしてもそれを引き受けるお前もお前だ。もしそれで本当にシシリーがやっていたら我が家はどうなる？　そういう場合はシシリーはやっていないはず、とお前が答えるべきではないか！」

「ですが、殿下はそうお考えです」

私の考えを述べてもおそらく父上は耳を貸さないので、殿下の言葉を盾にします。

すると父上は急に何かを思いついたようで、表情を変えました。

「む……殿下までそうおっしゃっているのか。そうか、もしかしてお前がこの役目を引き受けたのは、先回りしてシシリーが犯人だという証拠を隠滅してくれるということか？」

勝手に私に変な期待をされても困ります。

「ということは、父上はシシリーが犯人かもしれないと考えているのですか？」

「いや、まさかそんなことはないと思うが、殿下がおっしゃるのであれば……」

父上は歯切れ悪く答えます。私の言うことには全く耳を貸さないのに、殿下の名前を出したとたんに態度を変えるのは不愉快と言わざるを得ません。

父上は急に猫なで声に変わります。

「そうだ、エリサよ。もしシシリーが犯人だという証拠が見つかり、それを殿下に渡さずに処分してくれるのであれば、好きなだけ褒美を授けよう。そうだ、そうすればお前はもう辺境伯の妻ではいられなくなるが、わしの方でうまく離縁させて今度はいい相手を斡旋しよう。お前は辺境伯の謀《む》叛《ほん》を止めようとしたが、脅されて逆らえなかったことにしておけばいい」

私の背後に殿下がいるとわかったからか、父上は私に媚びるように言ってきます。私が脅されていたことにすれば、オルロンド家の名も傷つかず名案だ、とでも思ったのでしょうか。

気が付くと私は立ち上がっていました。テーブルに足がぶつかってがちゃり、と音を立てますが、気にしません。

前回会いに来た時から思っていましたが、父上の言い分は勝手なことばかりでした。

それでも話を聞く必要があると思って耐えていましたが、もはや我慢の限界です。

これ以上、聞き流すことはできません。

「いい加減にしてください！」

「お、おい、どうした急に？」

私はこれまで何があってもあまり感情を表に出してきませんでした。そんな私が急に大声をあげたので、父上はかなり驚いたようです。しかし、もうこの人に何を思われようとどうでもいい！

私は父上を睨みつけました。

「先ほどから勝手なことばかり次々と！　そもそも父上は私の噂をろくに確かめもせずに殿下の婚約者をシシリーに代えました。変な噂が立ったというだけで！　そして今度もまた噂が立っただけで私とレリクス様との結婚をなかったことにしようとしています！」

「それはお前が……」

「私は父上の駒ではありません！　感情も意志もあります！　大体シシリーがもしそのような噂を流布しているのであれば重大な罪です！　なかったことにできるものではありません！　それに、私がケビン殿下の命令を受けていると伝えてから、急に私への態度が変わりましたよね？　懐柔しようとしたのかもしれませんが、それもとても不愉快です！」

私は胸の内に溜まっていた怒りを全てぶちまけました。

珍しく声を荒らげたせいか、言い終えると呼吸が荒くなっています。

言い終えて不思議な満足感に包まれます。これまで何を言われても言いなりになるだけだった父上に対して、ここまで言うことができました。

父上は私の突然の啖呵に呆気に取られていましたが、やがて顔を真っ赤にして反論してきます。

「何だと!?　わしは重大な罪であれば、我が家の恥となるから闇に葬れと言っている。それがわからないのか！」

「違います、もしシシリーが罪を犯したならそれを明らかにして処罰するのが家族の務めです！大体、家の恥だというなら私の時の噂も静めてくれれば良かったのに！」

私も一歩も譲らずに言い返しました。

どうしてシシリーばかりそこまでかばうの？　そんなに彼女の方が可愛い？

「……」

私の言葉に父上は何も言い返せずに沈黙しました。

これだけの大事になっているのに、それでも自分の都合だけで物事を処理しようなど、虫が良すぎます。大体、今回の騒ぎは父上が私が気に食わないからといって、追放同然にレリクスに嫁がせたのが始まりです。

確かにこの件を闇に葬ればオルロンド家は罪を免れるかもしれませんが、代わりにレリクス、彼の妻である私に累が及ぶでしょう。そんなことは許せません。

父上はしばらく無言で怒りに震えていましたが、やがて諦めたのか、はあっとため息をつきました。

「わかった、そこまで言うなら勝手にするがいい。だが、お前をシシリーの部屋には入れぬ！」

そう言って父上は足音も荒く部屋を出ていきました。

私は急いでシシリーの部屋に向かいます。

部屋の前にはすでに父上の命令を受けた執事が二人、険しい表情で仁王立ちしていました。私は厳しい声色で彼らに告げます。

「シシリーの部屋に入れてください」

「残念ながら、旦那様からエリサお嬢様を入れるなと命令を受けております」

彼らも父上の命令に完全に納得しているという訳でもなさそうですが、部屋の前からどく様子はありません。

埒《らち》が明きませんね。彼らにケビン殿下からの命令書を見せます。

「これはローザン王国ケビン殿下の命を受けての調査です。もし妨害するならば、それは王家に逆らうことであり、この家にも迷惑がかかることになりますよ」

「それは……」

命令書を見て執事の一人が動揺しました。

殿下と父上、どちらの命令を優先すべきか悩んでいるのでしょう。彼らは父上の家臣ではありますが、殿下の命令を妨害すればオルロンド家にとってもよくありません。

しかし、もう一人は頑なにその場を離れようとしません。地位や権力は殿下の方が圧倒的に上ですが、彼の直接の主は父上だからでしょう。

「シシリーお嬢様の悪事がもし明らかになれば、オルロンド家は破滅します！」

「違います、もし妹が本当に悪事を働いたのであれば、すぐに改めさせるべきです。そうする方が結果的に我が家を救うことになるのです！」

腕力では勝てない以上、私には命令書を見せて説得することしかできません。

「こればかりは言うことを聞くことはできません！」

「調査を妨害したとなれば、殿下もそれ相応の処罰をするかもしれませんよ！」

そんな風に私たちが言い争っていた時でした。

不意にバタバタという足音とともに一人の男が走ってきます。

「エリック!?」

彼の顔を見て驚くと同時に懐かしさを覚えます。

エリックは私が家にいた時、親しくしていた料理人です。家の人が皆シシリーの流した噂を信じて私に冷たい態度をとる中、彼だけは私を信じてくれました。

「お嬢様、今のうちに！」

「おい、何をする!?　うわ!?」

エリックは再会を懐かしむ間もなく、私の前に立ちふさがっていた執事に肩からぶつかります。

いきなり体当たりを受けた執事はバランスを崩してその場に倒れました。

こんなことをすればこの屋敷でのエリックの立場が悪くなるのに。

しかも今の私では彼に報いることもできません。

損得勘定で言えば完全に損です。

私は彼の行為に胸が熱くなります。

そんな私に執事ともみ合いながらエリックが叫びました。

「さあ、早く！」

「ありがとう、エリック！」

エリックが心配ですが、それよりも今はせっかく彼が作ってくれたチャンスを生かさなければ。

そう考えてさっと部屋の中に入ります。

シシリーの部屋はいわゆる女の子らしいファンシーな部屋で、色調がピンクに統一されていました。

可愛いぬいぐるみやキラキラした置物もたくさん並んでいます。

手紙や文書が隠せるような場所は机ぐらいしかないでしょう。

が、シシリーの机の引き出しには鍵がかかっていました。私の腕力では錠を壊すことはできませんし、役立つ道具も持っていません。

これまでか、と思った私は開かないと知りつつも机の引き出しをガタガタと揺すってみます。

すると、机の上からチャリン、という金属の音がしました。

音のした方を見ると、ぬいぐるみの後ろに鍵が落ちています。

もしやと思った私は、開けと念じながらその鍵を引き出しの鍵穴に突っ込みます。

するとカチャリ、と音がしました。

「良かった……」

中にはさまざまな書類や手紙が入っていましたが、紙束の上の方にラーザン子爵とやりとりしたものがありました。

やはりと思いましたが、複数の足音が部屋に近づくのが聞こえたので、ラーザン子爵との手紙を全て抱え、慌てて部屋を出ました。中身を読むのは落ち着いた場所にしましょう。

部屋の前では相変わらずエリックと執事が揉み合っていましたが、執事は手紙を抱えた私を見ると顔色が変わりました。

「止められなかったか……」

「さあお嬢様、行ってください！」

執事が呟き、エリックは叫びます。

「ありがとう、エリック！」

私は外へ向かって廊下を駆けだしました。

「待て！」

「その手紙だけは置いていってもらおう！」

物音を聞いて駆け付けたのか、さらに別の執事が二人ほど追いかけてきます。

手紙が後ろ暗いものであると思うならば、隠蔽《いんぺい》するよりもほかにすることがあるのでは⁇

とはいえ、後は逃げるだけです。私は屋敷の中を脱兎のごとく駆け抜けます。事情を知らないメイドたちは突如発生した追いかけっこを見ておろおろするばかりでした。

私も十年以上暮らしていた屋敷です。体力では執事たちに劣るものの、曲がったり部屋に入ってやり過ごしたりして執事を撒き、勝手口の一つから庭へ出ます。

私がどうにか庭から玄関口へ向かうと、そこには先回りしたマルクが待っていてくれました。

「大丈夫でしたか!?」

「ええ、証拠はきちんと押さえました！」

そう言って私が脇に抱えた手紙を見せると、彼はほっとした表情になります。

「良かったです、でしたらこちらへ！　馬車を用意しておきました！」

そう言って彼は屋敷のすぐ外に停めていた馬車へと私を引っ張ります。

「ありがとう！」

馬車に慌てて乗ると私を追いかけていた執事たちが庭に現れました。

その中には顔を真っ赤にした父上も混ざっていましたが、馬車はすぐに走り出しました。

「待て！」

「止まれ！」

彼らは口々に叫びましたが、徐々に我が家との距離は遠くなっていきます。

馬車とはいえ、町中である以上大した速度は出せません。彼らが本気で走れば追いつかれるかもしれませんが、屋敷の中ならともかく、町中で私が持っている手紙の束を奪い取るような乱暴はできないのでしょう。

「ありがとうございます、マルク」

「いえ、お疲れ様でした」

彼らの姿が見えなくなるとようやくほっと一息をつき、手紙を広げます。

手紙というのは事情を知っている二人同士でやりとりするものなので、第三者が見て内容がぱっとわかるものではありません。

そして当然ですが、シシリーから書いたものはなく、子爵側から書かれたものしかないので、ぱっと読んだだけでは事の全貌はわかりにくいですね。

最初の手紙は、ケビン殿下がシシリーから貯水池について相談を受けた日の一か月ほど後の日付けでした。

『先日は遠方までご苦労であった。工事を開始したら案の定、辺境伯から抗議の使者がやってきた。助けてくれ』

と書かれています。

驚きのあまり胸の動悸が高まりました。

二人が裏で繋がっていると予想してはいましたが、どうもシシリーはかなり早い時期に子爵の元を訪問していたようです。

しかもこの文面を見る限り、シシリーは貯水池の工事について子爵に何か言ったに違いありません。もしレリクスに責められれば彼女がどうにかする、と請け負ったのでしょう。シシリーがそこまでしてレリクスを陥れようとしていた執念を感じ取り、背筋がぞっと冷たくなりました。

具体的にシシリーはどうすることになっていたのでしょうか。

次の手紙には、こう書かれていました。

『早速我が領にも辺境伯謀叛《むほん》の噂が聞こえてきた。おぬしの手腕はなかなかのものだ。しかし辺境伯が豊かな領地を攻め取るために謀叛《むほん》を起こすのは少し無理がありすぎはしないだろうか。例えばほかの貴族に手を回して、辺境伯に別の役目を押し付けることはできなかったのだろうか』

先ほどのシシリーがレリクスを陥れる噂を流したことを受けての手紙でしょう。少し無理があるという指摘には、敵ながら「その通りだ」と共感しました。

恐らく子爵も最後に書いてあるような手段を期待していたのでしょう。

そして最後の手紙には、近況などが書かれた後——

『くれぐれもよろしく頼む。もし我らを見捨てるようなことがあれば、おぬしと繋がっていることを公表する。そうなればお互いの破滅は避けられないだろう』

と意味深な文言が書かれていました。確かに子爵側からすれば何の保証もなくシシリーに協力したのでは、いざという時に切り捨てられるかもしれません。そのため、彼女が裏切れないように何か担保を受け取ったのでしょうか。

「いかがでしょうか？」

強張った表情で手紙を眺めていると、マルクが恐る恐る尋ねてきました。

「やはりシシリーの方から子爵に貯水池づくりを唆《そそのか》したようです。彼女はレリクス様を陥れようとしているに違いありません。彼女とレリクス様は何か関係があったのかしら？」

「いえ、奥様以外、接点はないと思いますが」

マルクもシシリーが会ったこともない相手に敵意を向けていると聞いて困惑しています。

何かの間違いであってほしいと思ってきましたが……やはり彼女は私を陥れるためだけにわざわざレリクスを目の敵にしているのでしょうか。

昔から彼女は私が楽しそうにしていると、それが気に食わない素振りはしていました。

彼女がおしゃれしたり着飾ったりするのも、その行為自体が好きというより、私を意識してのことに見えました。

私からケビン殿下を奪い取ったのも、それが原因かもしれません。

そして今度は私がレリクスとうまくいっていると聞いて、嫉妬の炎を燃やしているのでしょう。

彼女自身がきっと、ケビン殿下とうまくいってないから……

しかし私がレリクスの元に嫁いだのは、彼女自身が仕組んだ結果です。

もしシシリーが何もしなければ、私はケビン殿下の元で窮屈な一生を終えていたでしょう。

自分で奪った婚約者に飽き足らず、他人の幸せを妨害しようなんて。

そんなことをしても、彼女が得することは何もないというのに。

彼女の強い敵意に、怒りよりも深い悲しみを感じます。

「だ、大丈夫ですか？」

マルクが心配そうな声をかけてきました。

「いえ、大丈夫です。ただシシリーがそこまでしてきたのがショックで」

ですが、そこでふと恐ろしいことに思いあたります。

確かケビン殿下は、ある時を境にシシリーの殿下への執着がぴたりとやんだと言っていました。

そしてそのすぐ後に子爵領に向かい、ラーザン子爵に暴露されたらまずいことをしたようです。

私の推測を裏付けるように、子爵の手紙は最初よりも後になるにつれ、親しげな文章に変わっていました。

殿下との結婚生活という夢。その夢が消え去ったシシリーの心の隙間を埋めるようにラーザン子爵が……

「まさかシシリーは子爵と……いえ、けしてそんなことは……。とにかく子爵を唆《そそのか》して噂を立てただけでも彼女の罪は明らかです。殿下にご報告しにいきます」

「わかりました」

私は手紙の束をぎゅっと握りしめ、再び王宮に向かいました。


こうして、王宮に戻ってきました。

しかし、私が馬車から降りて王宮に入ろうとした時、後ろからすごい勢いで馬車がやってきたかと思うと、私たちのすぐ後ろに止まりました。

一体何だろうと思っていると、馬車から降りてきたのはシシリーでした。

彼女は王宮に入ろうとしていた私の前に必死の形相で立ちふさがります。

妹は実家にいたときはいつも私を馬鹿にするように見ていました。彼女のこんな表情は初めて見たかもしれません。

「お待ちください、お姉様！　何をしようとしていらっしゃるのですか⁉」

面倒だとも感じましたが、彼女と一度も会わないまま断罪するのもどうかと思っていました。

ある意味ちょうどいいのかもしれません。

一度本人に直接問い詰めておきましょう。

「私の方こそ聞きたいわ。一体なぜレリクス様を陥れるようなことをしたのですか？」

私の問いにシシリーの表情がさっと変わりました。

そして少しの間何か考え、やがて涙をぽろぽろと流します。

「違うんです、私はただラーザン子爵に騙されただけなんです！」

さすがに呆れてしまいました。

すでに私に証拠を押さえられたとわかっていても、なおそんなぶりっ子で誤魔化せると思っているのでしょうか。

白けた私ですが、目の前の光景を見れば目に涙を浮かべ、地面に膝を突いたシシリーは悲劇のヒロインそのものです。

貴族令嬢をやめて女優にでもなればいいのではないかしら。

「この手紙を見る限り、あなたが最初に言い出したようですが？」

「そ、それは……ほんの出来心……そう、私はあんなナルシスト王子に嫁がされたのに、お姉様だけ幸せそうにしていたのでちょっとうらやましくなっただけなんです！」

シシリーは思ったよりも早く本性を表しました。

女優は女優でも台本がないと演技もできないようね。

「はあ、やっぱりそうだったのですね。一応言っておきますが、私はあなたに婚約者を譲るよう言われた時にきちんと反対しましたよ」

「で、でも殿下があんな性格だとは言ってくれなかったじゃないですか！　それは結局私を騙して押し付けようとしたのでは!?」

シシリーは必死過ぎて、先ほどから主張の内容が一言ごとに変わってしまっています。

その様子は滑稽《こっけい》ですらありました。自分が関係なければ喜劇のように見えたかもしれません。

「騙したのはあなたでしょう？　私の変な噂を流して陥れて、それで私がたまたまレリクス様とうまくいっていると聞いたら、今度はレリクス様まで陥れようとするなんて」

「そ、それは子爵にやれと言われて……そう、手紙を見ていただければわかるはずです！　噂を流したのは子爵に脅迫されたからなんです！」

「では一体どういった理由で脅迫されたんですか？　後ろ暗いことがなければ、何も脅迫なんてされないと思いますが」

私の言葉にシシリーは返すことができないようです。やはり何も考えずに、その場その場の思い付きで話していたのですね。

彼女から言わないのであれば、私からはっきりと言ってあげましょう。

「もしかしてあなたは子爵と密通したのではないでしょうか？」

「そ、そんなことある訳ありません！」

彼女は否定しましたが、その表情は蒼白になっています。

その反応に自分で予想しておきながら私は悲しくなりました。

「私がほかの男と密会しているなど噂を流しておいて、結局それをしたのはあなただったということなんですね」

「ち、違います！　それはまだやっていません！」

「まだ？」

語るに落ちるとはこのことです。

「そんな……お姉様、見逃してください。これまでのことは全部謝りますし、今後はいい子にしますから！」

彼女は今度は泣き叫びながらその場に膝をつきます。

ここは王宮の門付近という人通りの多い場所。通りかかる人々はその異様な光景に思わず足を止めていました。

やはり彼女には天性の演技の才能があるようです。

「私は昔からあなたにずっと嫌がらせされてきましたし、今回の件もあなたがレリクス様を陥れようとして勝手に失敗した。つまり同情の余地はないですよね？」

「そんな、私たち姉妹じゃないですか！　お願いします、今回は見逃してください！」

もはやまともな説得は不可能と思ったのか、ひたすら姉妹の絆を強調してきます。

追いつめられるとここまであさましくなれるのか、と私は怒りを通り越してむしろ感心してしまいました。

当然許すつもりはないですが、私がどう答えようかと迷っていると――

「残念ながら君を見逃すかどうかを決めるのは彼女じゃない。この僕だ」

そこへやってきたのはケビン殿下でした。

思いもよらないタイミングでの殿下の登場に、周囲に集まっていた人々も驚きます。

けれども、ケビン殿下はいつも通りの澄ました表情でシシリーに語り掛けました。

「話はおおよそ聞かせてもらったけど、君は僕という婚約者がありながらラーザン子爵の元に一人で赴き、何か企んでいたようじゃないか」

「い、いえ、それはその……辺境伯の謀叛《むほん》の噂について話し合っていただけで……そこで子爵に脅されて……」

殿下が目の前に現れても、なおもシシリーは言い訳を続けています。

そんな彼女を見て、殿下はこれみよがしにため息をつきました。

「仮にそうだとしたら、どうして僕に脅されたことを相談しなかったんだ？」

「それは……」

シシリーは言葉に詰まりました。

そこで私は殿下にシシリーの部屋から持ち出した手紙を差し出します。

「殿下、真実はこちらを見てご判断ください」

「あ、それはやめてください！」

シシリーが横から手紙を奪い取ろうとしますが、殿下はそっと彼女の手を払います。

普段から鍛えられている殿下は軽く手を払っただけでシシリーの体を押しのけました。

「邪魔しないでくれ」

殿下は手紙を感情のない表情で受け取り、目を通し始めました。

横にいるシシリーの表情はさらに蒼白になっていきます。

「どれどれ……なるほど。そもそも君は子爵に脅されたと言っていたが、元々は君が子爵領に行ったのが先のようだね？」

「それは……別に行ったっていいじゃないですか！　私だってほかの貴族の領地に行くこともあります！」

シシリーは唐突に逆ギレしますが、普通は婚約者がいる貴族令嬢がパーティーや葬儀などの用がある訳でもなく他人の屋敷に行くことはありえません。どうせろくに供もつけずにこっそり行ったのでしょう。さすがに父上も気づいたら止めると思いますし。

そんな子供騙しにもなっていない言い訳を聞き、殿下はまた深いため息をつきます。

「はあ。今更そんなことを言われて僕が信じるとでも？　君は僕が貯水池の件を無視したから子爵に入れ知恵しにいって、そこで彼と意気投合したんだろう？　そして子爵は工事を行う代わりに、辺境伯が文句を言ってきたら君がそれを何とかするという話になった。それで君は辺境伯謀叛《むほん》という子供騙しの噂を流したという訳だ」

「そ、それは……」

全てを暴露されたシシリーは言葉に詰まります。

殿下は面倒くさそうに言いました。

「まったく、君も君だが、こんなしょうもない陰謀に加担した子爵も子爵だ」

そこへ騒ぎを聞きつけたのか、ばたばたと王宮警備の近衛兵たちが集まってきます。

「殿下、一体何があったのですか⁉」

「この女を捕えて事情を吐かせるんだ。証拠は渡すから後は任せた」

殿下はためらいなくそう言い放つと、手紙を近衛兵に渡します。

彼らは手紙を受け取ると、さっとシシリーを囲みました。

「さあ、来てもらおうか」

「そんな！　お姉様、助けてください、お姉様！」

シシリーは哀願するような目でこちらを見ますが、答えは決まっています。

「せいぜい正直に自分のしたことを話し、しっかり罪を償いなさい」

「そんな、助けて！」

シシリーは泣き叫びましたが、後の祭り、もしくは因果応報というものです。

後は彼女にふさわしい罰が下されるのを見届けるだけです。

近衛兵たちがシシリーを連れて去っていき、やがて周囲の人だかりもなくなりました。後には私と殿下がぽつんと取り残されます。

「僕という完璧な婚約者がいるのに、彼女は一体何が不満だったのだろうか。まるで意味がわからない」

二人になると、そう言って殿下は首をかしげました。ふざけているのではなく、本気でそう思っているようです。

シシリーの件に理性的な対処をする殿下に私の株は密かに上がっていましたが、やはり中身は変わっていませんね……

ふと彼はこちらを見て、まるで茶会にでも誘うかのような雰囲気で尋ねます。

「これで僕はまた婚約者を失ったのか。エリサよ、僕の婚約者に戻る気はないかい？」

あまりに軽い言い方だったので一瞬耳を疑いました。

「お言葉ですが、私はすでにレリクス様の妻ですので」

何かの間違いで戻されても困るので明確に否定しておきます。

すると彼は少しだけ残念そうに言います。

「そうか。まあ自分で探すほかないようだな」

「それについては応援することしかできません。……ところで今回の件ですが、レリクス様の噂を公《おおやけ》に取り消してはもらえませんか？」

「そうだな。面倒だが、それについては手配しておこう。国王にも報告せねばな。だが、もう一つ問題がある。ラーザン子爵の処罰だ」

確かにそうです。

結局シシリーとはどの程度の関係だったのかはわかりませんが、殿下の婚約者と関係を深めようとし、その上レリクスとかわした条約を破って貯水池を増築しようとしました。こちらも署名までしている以上、言い逃れはできないでしょう。

「そうだな、まあとりあえず子爵を王都に召喚しよう。こうなった以上、彼も許されないことはわかっているだろうから、応じないかもしれないな。そうなった場合は辺境伯に討伐軍を出させると君の夫に伝えておいてくれ」

「え、レリクス様がですか？」

急に大事なことをさらっと言われて驚きました。

まるで食後のデザートを決めるかのようにそんな重大事を言われても困ります。

「ああ。噂を打ち消すだけでは王都の貴族たちも辺境伯への評価を改めることはないだろう。だが、辺境伯が王命でラーザン子爵討伐の功績を挙げれば潔白を示せるし、彼に無闇に楯突くのは良くないと理解するはずだ。軍事費はかさむかもしれないが、討伐に成功したら報奨として子爵領を与えるから、それで納得してくれ」

「わ、わかりました」

すぐに事後対応をすらすらと思いつくなんて、相変わらず彼は優秀です。彼が次期国王として期待を集めているのもわかる気がします。

ですが、仮にレリクスと出会わなかったとしても、絶対彼の婚約者にはなりたくありません。

つくづく人の性格というのは大事だな、と思うのでした。

◇◇◇

「な、何だこの手紙は！」

ラーザン子爵はケビン殿下から届いた手紙を見るなり、叫び声を上げた。

そこには『至急問いただしたいことがあるので、ただちに王都に出頭するように』と書かれている。

言うまでもなく子爵には心当たりがあった。

辺境伯との条約を一方的に破っただけでなく、ありもしない謀叛《むほん》の噂を放置してシシリーに流させたのだ。どこまでばれているのかは不明だが、今王都に行けば良くてもそのまま軟禁され、最悪流刑も覚悟しなければならないだろう。

そこへ王都の情勢を探るために派遣していた家臣が険しい表情で戻ってくる。

「申し上げます、王都にてシシリー様が子爵閣下との密通及び虚偽の噂を流した疑いで捕縛されたとのことです！」

「くそ、わしが乗ったのは泥船だったか……」

その報告を聞いて子爵は唇をかむ。

シシリーは自信ありげだったし、あっさりと家宝でもある指輪印象も渡してきたので、計画はほかの貴族たちとも合意して用意周到に整えられたものかと思っていた。しかし蓋を開けてみればお粗末なものでしかなかった。

彼は元々辺境伯とは仲が悪かったし、領地を豊かにするために作った貯水池についてあれこれ言われるのは我慢ならなかった。あの貯水池は子爵がさまざまな手を尽くして作り上げたもので、領民には感謝され、上流の貴族には感心されたものであり、言うなれば子爵の作品のようなものであった。

下流の貴族が困っていると言われようが、自分はこの地を任された領主であり、自分の領地を豊かにすることが第一の仕事なので譲る気はなかった。

そのため一度は脅しに屈したものの、本心ではレリクスの言うことを呑まざるを得ないことに憎しみをたぎらせていた。

そんな心の隙を突くようなタイミングでシシリーがやってきたから、ついきちんと確認することもなく、子供騙しの計画に乗ってしまったのだ。

それがそのまま命とりとなってしまった。

そんな子爵に家臣が蒼い顔で尋ねる。

「いかがいたしましょう？」

「どうもこうもない、わしは急病で倒れたと伝えておけ！　それから辺境伯が嫌いな家にどうにかわしの助命嘆願をしてくれるよう頼んでくるのだ！」

諦めた子爵は腹を括る。もし出頭すれば有罪を免れないが、領地に居座っていればそのうちほかの貴族たちの根回しで罪は免れるかもしれない。

シシリーの計画がでたらめだったとしても、レリクスを嫌っている貴族が多いのは本当だ。

こうなれば彼らが助けてくれることに一縷《いちる》の望みをかけるしかない。

「かしこまりました！」

そう言って家臣は王都に戻っていく。

次に子爵は領地の家臣を呼び出す。

「ロンドバルド河の水を完全にせき止めるのだ」

「何と……そのようなことをなされれば辺境伯が激怒するのでは？」

これまで子爵は河の水量を減らししていたが、完全に敵対してしまうことだけは避けようと一応ある程度の水量は維持されるよう調節させていた。

完全にせき止めると不意の大雨で決壊するという危険もある。

「そうだ。激怒した辺境伯が勝手に兵を動かせば、この事件はうやむやになるだろう」

貴族同士の私戦は禁じられている。もし辺境伯が子爵領に勝手に攻め込めば、重罪になるだろう。そうなれば子爵の罪よりも重くなるため、先に辺境伯を討伐しなければならなくなり、子爵の罪もしばらくは棚上げにされるはずだ。

「わかりました……」

家臣たちが去っていくと、子爵は一人ため息をついた。

それから数日間、王宮からは子爵に出頭するよう矢のような催促が届いた。当然ながら仮病の言い訳は全く考慮されなかった。

一週間後には月末までに王都に現れなければ討伐軍を派遣する、とはっきりと宣告された。だがそれでも子爵は領地を動かなかった。

家臣たちの報告によると、王都の貴族たちは子爵討伐に軍勢を動員するのに乗り気でなく、討伐軍の編成にやんわりと反対しているらしいからだ。

「その間に辺境伯が早まれば……」

が、子爵の願いに反してレリクスが攻め入ってくることはなかった。

代わりに、ロンドバルド辺境伯にラーザン子爵討伐の命令が正式に出されたらしい。

それを聞いて子爵は決意を固めた。

討伐軍が王国軍ではなく、辺境伯だけであればまだ勝ち目はある。勝てば官軍という言葉もある通り、ここで勝てばうまく罪をなすりつけることができるかもしれない。領地の広さでは圧倒的に不利だが、長年不作に苦しんできた貧乏貴族にならば勝算はある。勝てなかったとしても、しばらく防ぎ続ければ辺境伯軍の食糧が尽きて撤退する可能性はある。

そう思った子爵はすぐに軍勢の準備をさせた。

が、そんな子爵の希望はすぐに砕け散った。

普段は国境防衛のために散在する辺境伯の軍勢は、集結すると一万を超える大軍となっていた。

これまで戦う機会のなかった子爵領では、必死に軍勢を集めても一千やそこらが限界であった。

絶対に勝ち目はないが、もはや降参したところで時すでに遅し。子爵は領地境の砦にこもって防衛に徹しようとした。しかし十倍の兵力差に加え、辺境伯軍は魔物や異民族との戦いで戦闘経験を積んでいる。寄せ集めの子爵軍は士気を喪失、さらに辺境伯軍は河のせき止めに怒りを燃やしており、戦意は旺盛であった。

そのため、子爵軍は戦う前から逃亡が相次ぎ、まともな戦いにすらならないうちに敗退した。

「くそ、あんな誘いに乗りさえしなければ……」

逃走中、万策尽きたラーザン子爵は最期にそう言って自害した。

こうして王国全土を騒がせ、実戦にまで発展したこの事件は、シシリーの捕縛とラーザン子爵の敗北をもって終了したのである。

◇　◇　◇

シシリーが近衛兵に捕縛されてからいろいろなことがありました。

まずシシリーは取り調べですぐに自分のしてきたことを全てしゃべったようです。

それによると、彼女の方からレリクスを陥れるように持ち掛け、実家の印象指輪を渡したとか。

おそらく子爵はシシリー側にもそれ相応の用意や覚悟があると思ったのでしょうが、単に彼女の思慮が足りなかっただけでしたね。

その後、シシリーが渡した指輪が子爵の屋敷から発見されたという報告が入り、それを聞いた父上は大慌てでした。

いくらシシリーが単独で行ったこととはいえ、公爵家の当主ともなれば「娘が勝手にやったから自分は関係ない」で済むものではありません。

父上は慌てて王宮に謝罪に向かいましたが、私がシシリーの調査に屋敷に向かった際、邪魔や妨害をしたことが明らかになり、叱責されたらしく、かえって恥をかいたのでした。

ラーザン子爵は出頭命令を無視して領地に引きこもり、辺境伯領へ続く河を全てせき止めるという暴挙に出たため、殿下から正式にレリクスに子爵の討伐命令が出ました。

そのため我が家の処理はしばらく保留となりました。

あの日殿下と話した後、私はすぐにそのことをレリクスに伝えていたため、彼はすぐにロンドバルド領の軍勢を集めました。

日頃から異民族や魔物との戦いに慣れている領軍は子爵の寄せ集め軍を一蹴し、最終的に子爵の自害という結果で事件は幕を下ろしました。

私はその間、事件の後処理や事情説明などでずっと王都にいたため、レリクスと会えない日々が続きました。元々王都には親しい人もあまりいない上、オルロンド家の屋敷にも戻りづらくなっていたのでかなり肩身の狭い日々でした。

勇気を出して他家の同年代の令嬢（彼女たちの多くもすでに嫁いでいましたが）の集まりに顔を出してみると、意外と打ち解けることができました。

シシリーの悪事が明らかになったことで噂が誤解だったことが判明し、私の株が上がった（というよりは元に戻った）ようです。

今後、私が辺境伯領に帰り、王都に顔を出す機会が減ると考えると、この機に王都に知り合いを作れたのは良かったのかもしれません。


そんな風に一か月ほど王都で楽しく過ごしていると、子爵の討伐を終えたレリクスがその報告のため、王都にやってくる日が訪れました。

軍勢は戦いが終わるとすぐに解散したようで、少数の家臣のみを連れた彼らしい質素な行列でした。

レリクスは王都に屋敷を持っておらず、私は王宮内に間借りしていたため、そこで彼を迎えました。

数か月ぶりに会ったレリクスは相変わらずでしたが、ようやく肩の荷が降りたからか、すっきりした表情をしています。

出かけるまでは毎日顔を合わせていたため、私はこの日を待ち望んでいました。

「お久しぶりです、レリクス様」

「ああ、久しぶりだな」

私の顔を見たレリクスはほっとした顔でわずかに口元をゆるめました。

もっとも、今の私も同じような表情をしているのでしょうが。

「ラーザン子爵の討伐、お疲れ様でした」

「いや、相手の軍勢は吹けば飛ぶようなものだった。そなたこそ味方がいない王都で、しかも身内相手に私の冤罪を暴いてくれたこと、礼を言う」

「いえ、シシリーのことは家を出た時から、もう身内とは思っておりませんでしたので」

「そうか。しかし、それならなおさらオルロンド家に戻るのは大変だっただろう」

レリクス様の優しい言葉に、普段はあまり表に出さない自分の弱い気持ちが顔に出そうになります。

「はい……一時はどうなることかと。マルクが同行してくれたのは心強かったですわ」

「それは良かった。エリサの危機に役に立っていなければクビにするところだった」

レリクスは笑います。

久しぶりに彼と話し、ようやく今回の事件が本当の意味で終わったんだなと実感しました。

「何にせよ、そなたのおかげでこのたびの危機は無事脱することができた。正直なところ、そなたを王都に送り出してから、わしは毎日不安で不安で仕方なかった。そしてずっと王都から続報がこないか待ち望んでいた」

「そうだったのですか！」

あまり感情を表に出さないレリクスの言葉に、私は頬が熱くなるのを感じます。

私は会えなくても寂しいだけでしたが、レリクスの方はさらに心配までしてくれていたようで、嬉しさがこみ上げました。

「ああ。私自身はいくら噂を流されたところで実際に身に危険は及ばないが、そなた一人に危害を加える方法はいくらでもあるからな」

確かにその通りです。

もし少しでも運命が違っていれば、私は逆上した父上やシシリーに何かされていた可能性は十分にあります。そう考えると、こうして無事再会できた喜びもひとしおです。

「ありがとうございます。あの、今日は久し振りの再会ということで王宮の料理人に頼んでおいしい料理を用意していただいたのです」

「ありがとう」

こうして私たちは久しぶりの再会を二人で楽しんだのでした。

レリクスが王都にやってきた翌日、王宮に貴族たちが集められました。

今回の乱についての事後処理が正式に発表されるのでしょう。

私は正式な会合の場には入れませんが、関係者として彼とともに向かいます。

王宮の広間の前にはすでに多数の貴族が集まっており、今回の件についての噂を語ったり、それとは関係なく親交を深めようとしたりしています。

そして集まった顔ぶれの中には見知った顔もありました。

「あれ、兄上？　お久しぶりです」

「やあ、エリサか、久しぶり。事件の大筋は聞いた。今回は大活躍だったようだな」

そう言って手を振ったのはオレイン兄上です。父上や母上は社交上の理由で王都の屋敷に滞在し、私やシシリーも人脈作りのため（私は人脈を作らせてもらえませんでしたが）にそれに同伴していました。

しかしオレイン兄上だけは政務を実地で学ぶため、家臣たちとともに領地にいました。

王都にいた家族からは疎まれていましたが、兄上とは昔から仲が良く、よく話をしていました。

もし兄上が王都にいたら全く違った状況になっていたかもしれませんが、そうなれば当然レリクスとの出会いもなかったと思うと少し複雑です。

兄上と会うのは約一年ぶりくらいでしたが、少し見ないうちにすっかり立派になっていました。

苦笑いしながら兄上にこたえます。

「まあいろいろありまして」

自分の手柄を誇りたい気持ちはありますが、どちらかというとシシリーが暴走した結果、厄介事が大きくなった気がしたからです。

「そうか。しかし見ないうちにすごく成長したな。前に会った時はもう少し自信なさそうに見えたが、今は背筋も伸びて堂々としている」

「ようやく私を認めてくれる方と出会えましたので」

家では嫌われ者になり、婚約者のケビン殿下には眼中にない扱いをされていました。一年前の自分に自信がないように見えたのも無理からぬ話です。

ですが、レリクスとの出会いや領地での出来事、そして今回の件でようやく私にも一人前の自信が身に付いてきました。

自分の殻を破る機会をくれたという意味でも、私はレリクスと出会えたことに感謝しています。

「ああ、遅くなってしまったが、結婚おめでとう」

「ありがとうございます。兄上もご立派になられましたね」

「エリサにそう言ってもらえるのは嬉しいな。エリサも――悪かったな、式に行けなくて」

領地を任されていた以上、離れられなかったのでしょう。仕方のない話です。

「いえ。でもいつか遊びに来てくださると嬉しいです」

「そうだな。……そうだ、実は昨日正式に家督を相続することが決まった。せっかくだから今日発表することになったんだ」

「そうだったんですか。おめでとうございます」

「こんな継ぎ方じゃなければ、もっとめでたかったんだがな」

兄上は苦笑しながら言いました。

シシリーは更生のために修道院へ入れられたものの、我が家への処罰は特にありませんでした。

その代わりに父上は自主的に隠居、さらにオルロンド家の一部の財産を自主的に国に寄付する形で落ち着いたようです。

そのため兄上は急遽、家督を継ぐことになり、苦笑いしたのはそのせいです。こんなごたごたがあった直後に家を継ぐのは大変ですが、兄上でしたらどうにか立て直してくれるでしょう。

家への処罰がなかったのは、私自らが事件解決のために動いたこと、今回手柄を立てたレリクスと私が結婚しているという関係性が考慮されたからでしょう。

私が兄上と話していると、レリクスがこちらに歩いてきます。

嫌われていると噂があったレリクスですが、ラーザン子爵の軍勢を容易に破った実績があるせいか、周囲の貴族たちの評価は嫌悪から畏怖に変わっていました。

「レリクス様、こちらは兄のオレインです」

「初めまして、オレイン・オルロンドです。このたび家を継がせていただくことになりました。ふつつかな妹ですが、よろしくお願いします」

格下であるレリクスに兄上は丁寧に頭を下げます。

一方のレリクスも兄上に丁寧に返礼しました。

「レリクス・ロンドバルドと申します。今後ともご指導ご鞭撻のほど、よろしくお願いいたします」

年は大分下で家督も継いだばかりですが、兄上は公爵位の貴族だからでしょう。レリクスは領地にいる時とは打って変わって礼儀正しい振る舞いをしています。そんなレリクスの姿を見て、周囲の貴族たちも彼に対する評価を改めているようでした。

三人で話しているうちに会合の時間が近づき、レリクスや兄上は王宮の広間へと入っていきます。

その後改めて会合でオルロンド家の家督相続、旧ラーザン子爵領がロンドバルド辺境伯家に恩賞として与えられることなどが発表されたのでした。

レリクスはほかの貴族たちが見守る中、ケビン殿下から直々にお褒めの言葉をもらったそうで、これで表立って悪口を言う者はしばらく現れないでしょう。

ちなみにレリクスによると、その場で議事進行を務めたケビン殿下は堂々としたたたずまいをしていたらしく、「本当にあの方がとんでもないナルシストなのか？」と首をかしげていました。

私はその話を聞いて、つくづく殿下も変なお方だなあと思ったのでした。

エピローグ　五年後の二人

「今年はこれまでにないほどの豊作でございます」

「それは良かったですね」

秋ごろ、レリクスの屋敷にある倉庫に続々と周辺の村で採れた農作物が運び込まれてくるのを、私はマルクとともに見守っていました。

今年は特に豊作だったようで、大量の農作物を収穫するのは大変なはずなのに、人々はみな笑顔に溢れています。運ばれてきた農作物も元から作られていた小麦だけでなく、サツマイモを始めとする乾燥に強い穀物が何種類もありました。

例の事件以来、上流の貯水池が解放されたことでロンドバルド河の水量が増え、水の精霊が本来の力を取り戻して降水量が増えたことで領内の農業事情は大幅に改善しました。

とはいえ、不意の日照りがいつくるかわからないので、サツマイモ以外にも荒れ地でも採れる作物を普及させたのです。

これまでは農地にすることが不可能だった荒れ地でも農業が行われるようになり、少しずつ領地は豊かになっていきました。

また、少しずつ他家の貴族とも交流するようになったため、領地同士の交流や交易も少しずつ増えてきました。そのおかげで他領の産物が入ってくるだけでなく、農具なども少しずつ改良が図られています。


農作物の山を見てマルクは昔を思い出すように目を細めました。

「いやあ、奥方様が嫁いでいらっしゃった五年前はここまで領地が豊かになるとは思いもしませんでした」

「そうですね。来たばかりのときは、私もこれからどうしようかと悩んでいました」

「今ここまで栄えているのは水の件といい、作物の件といい、奥方様のおかげです」

「いいえ、それもこれもレリクス様の手腕によるものよ」

レリクスはあれからも精力的に内政を行っていました。

いくら領主の命令でも、人々にそれまでなじみのない農作物を作らせるのは難しいことです。それが順調に進んでいったのはレリクスの手際の良さと人望の賜物です。

「そう言えば、今年はついにサトウキビの収穫が行われました」

「本当ですか!?」

それを聞いて私は胸が躍ります。

これまでこの土地では自分たちが食べる分の作物で手一杯だったこともあり、いわゆる嗜好品の生産はほとんどありませんでした。

そのためこの辺りでは砂糖が高価で、なかなか甘いお菓子を作れませんでした。

しかし農業事情が少しずつ改善され、この辺りの気候にあったサトウキビから作ってもらうことにしました。屋敷の庭では少しずつ栽培していたのですが、領地で普通に作られたと聞くと喜びもひとしおです。

「はい、この辺りではまだまだ高く売れると聞いて、豊かな農民の一部が作り始めたようです」

「それは届くのが楽しみですね」

「はい」

マルクと話しながら街の広場に向かいます。

中央には小さな祠が建っていました。五年前の年の収穫後にレリクスが精霊に感謝の意をこめて建てたものです。祠といっても小ぢんまりとした小屋に水のシンボルを彫ったのを柵で囲んだだけですが。

これはあの時、雨を降らせてくれた水の精霊を祀る祠です。時々私たちや街の人々が感謝の気持ちをこめて食べ物などを捧げ物として置いています。最初は気持ちだけのつもりでしたが、供えた食べ物がなくなっていることがあるので食べてくれているのかもしれません。

祠の前には街の人々だけでなく、近くの農村からやってきた人々の姿もありました。今年の収穫に感謝しているのでしょう。祠の周囲には小さな囲いがあるのですが、その中は捧げ物のパンや野菜などでいっぱいになっています。

祈っている人々を邪魔するほどでもないので、私たちは後ろからそっと手を合わせます。

「おかげさまで今年も無事作物が収穫できました」

あれ以来、直接姿を現すことはないですが、それは彼女が元気でいる証なのかもしれません。

祈りが終わると、私たちも祠の周りに料理を置いてその場を離れました。


それから数日後のことです。

「お帰りなさい」

「ただいま」

「今日はいつもよりお早いですね」

「そうだな。今日は大事な日だからな」

実は今日は私とレリクスが本当の結婚式を挙げてからちょうど五年経った記念日です。私から何かを言った訳ではないのですが、レリクスも覚えていてくれて嬉しくなります。

ここ数日、レリクスは近隣の貴族たちの元を訪れてはさまざまな会談をしていたのですが、今日だけは早めに帰ってきてくれました。ロンドバルド河の件で困っていたほかの近隣貴族は、あの一件以来レリクスに対する信頼を深め、より親交を結ぶようになったようです。

「それでは今日は後の仕事は任せたぞ」

「わかりました」

レリクスの言葉にマルクも頷きました。

私はレリクスの外套を預かりながら言います。

「実は今日は記念日ということで久しぶりに私が腕を振るったのです」

「本当か？」

私の言葉にレリクスの声が少し明るくなるのを感じます。

嫁いできた当初こそ率先して入っていましたが、最近はどちらかというと辺境伯夫人としての仕事が増えてきたため、厨房にはほぼ入っていませんでした。

もっとも、辺境伯の妻ともなれば本来はそれが当たり前ですが。

今日は久し振りに厨房に入って、レリクスのためにお料理を作りました。もっとも、ブランクが長すぎて前にお料理を教えた使用人の方に逆に教わることもありましたが。

私たちが食堂に入るとすぐに、厨房から作っておいた料理が運ばれてきます。

私が来たばかりの時に作ったサツマイモの炒め物、最近他領から仕入れることが増えた野菜で作ったサラダ、そして料理人のロマノフに密かに習ったキングワイルドボアのステーキ。

「うむ、どのメニューもさまざまな思い出の詰まったものだな」

「そう言っていただけて嬉しいです」

私が料理に込めた意図をきちんとくみ取っていただけたようです。

今日は記念すべき日ということで思い入れのあるメニューを意図的に選びました。

そして二人で食事を始めます。

久し振りということで少しだけ出来が不安でしたが、料理を口に入れたレリクスはすぐに相好を崩しました。

「久しぶりに食べるそなたの手料理は、やはりうまいな」

「私も久しぶりに作ったのでうまくできるか、失敗しないか冷や冷やしていましたが、昔の勘が残っていて良かったです」

「はは、料理はそう簡単に忘れるものではないからな。しかしこうしていると、五年前のことがまるで遠い昔のようだ」

そう言ってレリクスは目を細めます。

釣られて私も昔のことを思い出しました。

「はい。本当にあのころは今と全然違いましたからね」

「そうだな、私もあのころはいろいろあって心がすさんでしまっていた。だが、そなたが来てくれたおかげでうまくいくようになったと思う」

「それを言えば、私もあの時は王都にどこにも居場所がありませんでした。そのため、この屋敷が私の居場所となって本当に嬉しかったのです」

その後王都の方々とも少しずつ関わるようにはなりましたが、それもここでの経験が自信になったからです。

「おかげで領地も随分豊かになったものだ」

「それはレリクスの頑張りですよ」

「いや、それもこれもそなたが隣で支えてくれたおかげだ」

そんなことを話しているうちに、やがて私たちは料理を食べ終えました。

「ではデザートを持ってきますね」

「デザート？」

これまで私はあまりお菓子を作らなかったので、レリクスは少し驚きます。

そんな彼の元に私は先ほど焼いたケーキを持っていきました。スポンジに生クリームをかけ、上に果物を載せたいわゆる普通のケーキですが、それでもこの屋敷ではパーティーの時ぐらいしか見かけないものです。

「実はこれ、今年領内で収穫されたサトウキビを使ったものなんです」

「珍しいと思ったら、そういうことだったのか」

「はい、せっかくなので」

そう言いながら私はケーキを切り分けてレリクスの前に置きます。レリクスはそれをフォークで口に運びました。

「おいしい」

「本当ですか？　でしたら私も……」

そう言って私もケーキを口に運びます。素朴ですがしっかりとした甘さと、スポンジの柔らかさで口の中がいっぱいになりました。

実家にいたころに食べていたら、普通のケーキとしか思いませんでしたが、これまでの五年間の努力があってのものだと思うと感慨もひとしおです。

領内が豊かになったとは言っても王都での暮らしのようなきらびやかさは全くありません。

しかし、ここには愛し合う人がいるだけでなく、自分を認めてくれる人々がおり、穏やかな日々を過ごすことができます。

そんな今の暮らしは確かに私にとって自信をもって幸せと言えるものになったのでした。

新＊感＊覚 ファンタジー！

Regina レジーナブックス

レジーナブックス Regina

ワケありだけど幸せいっぱい!

天才になるはずだった幼女は最強パパに溺愛される

雪野《ゆきの》ゆきの

イラスト：くろでこ

目覚めると特殊部隊に拾われていた少女シロ。森で捨てられていたり、体がやせていたりと何か過去があるようだが、シロは記憶をすべてなくしていた。そんな彼女に特殊部隊の隊長ブレイクはパパと名乗り、彼女をとにかく甘やかし始める。最初は戸惑っていたシロもだんだんその幸せな生活に馴染んでいき——無自覚チート幼女と最強のパパが繰り広げるほっこり父娘ファンタジー！

詳しくは公式サイトにてご確認ください。

https://www.regina-books.com/

携帯サイトはこちらから！

LEAVE ME ALONE!
ほっといて下さい
従魔とチートライフ楽しみたい!
1
原作 三園七詩 Nanashi Misono
漫画 鳴希りお Rio Naruki
RC Regina COMICS
大好評発売中!

LEAVE ME ALONE!
ほっといて下さい
従魔とチートライフ楽しみたい!
原作 三園七詩
漫画 鳴希りお
1
伝説のもふもふお供に
愛され幼女、異世界満喫中!?
第12回アルファポリスファンタジー小説大賞読者賞受賞!
超人気作、待望のコミカライズ!
アルファポリス

シリーズ累計(電子含む)
90万部
突破!!
RC
Regina
COMICS
詐騎士
1~10
SAGISHI
Presented by Kaitoko
Comic by Natsumi Asa
大好評
発売中!!
原作 かいとーこ
漫画 麻菜摘
アルファポリスWebサイトにて
好評連載中!
詐騎士 10
かいとーこ 麻菜摘
一見優雅、中身は黒い淑女生活で、
誘拐されたり
竜を駆る!
90万部
突破!!!
新感覚ファンタジー
コミカライズ!!
アルファポリス
新感覚ファンタジー
待望のコミカライズ!!
ある王国の新人騎士の中に、一人風変わりな少年がいた。傀儡術《かいらいじゅつ》という特殊な魔術で自らの身体を操り、女の子と間違えられがちな友人を常にフォローしている。しかし実は、その少年こそが女の子だった！　性別も、年齢も、身分も、余命すらも詐称。飄々《ひょうひょう》と空を飛び、仲間たちを振り回す――。そんな詐騎士《さぎし》ルゼの偽りだらけの騎士生活！
B6判／各定価：748円(10%税込)
アルファポリス 漫画
検索

待望のコミカライズ！

大好評発売中！

アルファポリスWebサイトにて好評連載中！

ひょんなことから、乙女ゲームの悪役令嬢レーナに転生した遥《はるか》。転生早々、彼女の前でゲームヒロインを虐めるイベントが発生してしまう。このままシナリオ通りにヒロインを虐めたら、レーナに待ち受けるのは破滅ルートのみ。……悪役令嬢やってる場合じゃない。人生、楽しまないと！　そう心に決めたレーナだったが、ヒロインやゲームの攻略対象たちに、どんどんピンチに追い込まれ——!?

アルファポリス 漫画　検索

ISBN978-4-434-29635-2
B6判 定価：748円（10%税込）

この作品に対する皆様のご意見・ご感想をお待ちしております。

おハガキ・お手紙は以下の宛先にお送りください。

【宛先】

〒150-6008 東京都渋谷区恵比寿4-20-3 恵比寿ガーデンプレイスタワー8F
（株）アルファポリス　書籍感想係

メールフォームでのご意見・ご感想は右のＱＲコードから、
あるいは以下のワードで検索をかけてください。

アルファポリス　書籍の感想　検索

ご感想はこちらから

本書は、「アルファポリス」（https://www.alphapolis.co.jp/）に掲載されていたものを、
改稿、加筆のうえ、書籍化したものです。

妹《いもうと》に婚約者《こんやくしゃ》を取《と》られましたが、辺境《へんきょう》で楽《たの》しく暮《く》らしています

今川 幸乃（いまがわ ゆきの）

2021年　12月 5日初版発行

編集－桐田千帆・森順子
編集長－倉持真理
発行者－梶本雄介
発行所－株式会社アルファポリス
〒150-6008 東京都渋谷区恵比寿4-20-3 恵比寿ガーデンプレイスタワー8F
TEL 03-6277-1601（営業） 03-6277-1602（編集）
URL https://www.alphapolis.co.jp/
発売元－株式会社星雲社（共同出版社・流通責任出版社）
〒112-0005 東京都文京区水道1-3-30
TEL 03-3868-3275
装丁・本文イラスト－縹ヨツバ
装丁デザイン－AFTERGLOW
（レーベルフォーマットデザイン―ansyyqdesign）
印刷－中央精版印刷株式会社

価格はカバーに表示されてあります。

落丁乱丁の場合はアルファポリスまでご連絡ください。

送料は小社負担でお取り替えします。


ISBN978-4-434-29643-7 C0093